Estimada Gris

Estimada Gris

Sílvia Soler

Univers

Primera edició: agost del 2023

Disseny de la col·lecció: Enric Jardí
Imatge de la coberta: Ignasi Font
Maquetació: Mireia Barreras

Direcció editorial: Ester Pujol

Univers és un segell de Grup Enciclopèdia
Josep Pla, 95
08019 Barcelona

Imprès a Romanyà Valls
Dipòsit legal: B-6.702-2023
ISBN: 978-84-18887-69-7
Imprès a la UE

Aquesta novel·la és per a en Pedro, que m'estima prou per fer del meu lloc el seu lloc al món.

I per a tots els que han deixat casa seva per amor o per qualsevol altra raó.

La libertad no necesita alas,
lo que necesita es echar raíces.

OCTAVIO PAZ

Sempre em pintava a prop d'alguna finestra. I els meus ulls tenien temps d'entretenir-se en els detalls més petits. Així, contemplant les oliveres, que la marinada movia a pèl i a contrapel, produint bells platejats i ombres molt suaus; el mar, que brillava, esquitxat d'estrelletes de sol; les roques llises, que lluïen com el plom, i les basses del davant de casa, que jo sabia plenes de peixos i de nius de molsa i de petxines, passava les hores fins que els punts brillants i bellugadissos del mar desapareixien i un ventet lleu feia més opac el seu blau.

Salvador Dalí vist per la seva germana
ANNA MARIA DALÍ

A totes les famílies, potser no a totes, però a la majoria, hi ha petites llegendes que s'expliquen i es recorden a les trobades i que es comparteixen amb els amics i coneguts. Anècdotes divertides o accidents estranys, fets inexplicables que es van engrandint i adornant amb el temps.

Però la nostra llegenda familiar era —o a mi m'ho va semblar quan vaig descobrir-la— realment impressionant: la meva família, algun dels meus parents, podria tenir guardat a casa un xal de seda d'abans de la Guerra Civil. La cosa no acaba aquí. En aquest xal hi hauria unes roses pintades, unes roses vermelles i grosses com magranes madures. I aquestes roses, segons la llegenda, les hauria pintades un dels artistes més coneguts, prestigiosos i valorats del món: el gran Salvador Dalí.

El dia que vaig conèixer aquesta història, que en aquell moment no era més que una rondalla sense confirmar, vaig pensar que, si era certa, ens convertiria en uns privilegiats i potser, qui sap, en multimilionaris, però de cap manera vaig sospitar fins a quin punt podia canviar la meva vida.

PRIMERA PART

Capítol I

Diuen que les experiències més estressants que pot patir una persona són —l'ordre depèn del cas—: la mort d'algú que estimes, un divorci, perdre la feina i fer un trasllat.

En el primer trimestre de l'any, se'm va morir el pare, el meu marit va donar per acabada la nostra relació i no em van renovar el contracte a la feina. Només em faltava, doncs, el trasllat, per fer un pòquer d'asos.

I, tanmateix, l'únic que em venia de gust era, precisament, traslladar-me. Marxar. Marxar era l'únic camí que veia obert al meu davant en aquells dies de tristesa, una tristesa líquida i tèbia, que m'inundava sobretot als vespres i em deixava atuïda, com si tot d'una la roba pesés molt.

Necessitava canviar d'escenari, renovar amistats, allunyar-me dels carrers de Puebla, per no haver de passar constantment pel davant de casa els avis o de l'edifici de l'arxiu històric on treballava i, sobretot, del pis on encara vivia el meu exmarit (el pis era del seu oncle, que ens l'havia llogat per un preu familiar).

Volia anar-me'n i només se m'acudia un destí lògic: el país dels meus avantpassats. Em provocava una gran curiositat i, d'alguna manera, m'hi sentia vinculada, molt més que la meva germana i fins i tot que els meus pares, tots dos fills d'exiliats.

Ho vaig decidir un matí de cel blanc, que semblava de ras, ple de coloms i d'ocells més petits el nom dels quals desconec.

He de reconèixer que vaig arribar a l'adolescència sense haver-hi pensat gaire: Catalunya era una mena de país imaginari —com els regnes dels contes infantils, com l'Atlàntida o com el País de Mai Més de Peter Pan—, del qual només havia sentit a parlar escadusserament a casa dels avis Romeu. Però llavors un dia —devia tenir quinze o setze anys— l'avi Antoni em va demanar si el volia acompanyar al Casal Català. Hi feia una conferència un bon amic seu, l'historiador Andreu Xirau, arribat a Mèxic l'any 1939, en el mateix vaixell que ell.

Hi vaig anar perquè m'havia fet il·lusió que l'avi m'hagués proposat una activitat de persones adultes. I perquè m'havia promès que, en sortir, aniríem a fer un mos a una taverna que acabaven d'obrir al barri vell, a prop de la catedral.

L'Andreu Xirau va resultar un gran reclam i hi havia una gentada. L'avi va saludar pel cap baix una vintena de persones abans de triar les localitats on volia seure. Tothom el saludava amb un gran afecte i respecte i, per a sorpresa meva, tothom ho feia en català. Vaig sentir parlar més català aquell vespre que en els meus quinze anys de vida. Tot d'una, aquella llengua desconeguda —que fins aleshores em semblava seca, com si els catalans trenquessin les paraules a cops de martell— em va començar a sonar més bé: «Quin vespre més agradable, oi, senyor Romeu?». «Com et trobes, Antoni? Feia molt de temps que no teníem ocasió de saludar-nos!». Pescava paraules i, sobretot, acostumava l'oïda a una certa entonació que reconeixia d'alguna vegada que l'avi havia parlat per telèfon a casa amb algú de la família.

No vaig entendre pràcticament res de la conferència, que parlava —segons deia el títol— de l'origen i el significat de la diada de l'Onze de Setembre. L'avi, amb tota la bona fe, m'anava xiuxiuejant alguna frase de tant en tant, per resumir el que estava explicant l'historiador, però jo em perdia, m'avorria i m'interessava molt més observar tota aquella gent, la comunitat catalana a Mèxic. A primer cop d'ull no hi havia res que els distingís dels mexicans. Potser eren en general més seriosos, parlaven més fluixet i, quan va acabar la conferència, van aplaudir amb una actitud mesurada, sense escarafalls.

Tal com m'havia promès, l'avi em va portar a tastar les *fajitas* del nou establiment, que eren boníssimes, i, en acabat, vam passejar una mica pels carrers de la Puebla antiga, mentre ell m'anava explicant les primeres impressions que va tenir de la ciutat quan hi va arribar, l'any 39. Em va parlar de la generositat i l'amabilitat dels mexicans, de les dificultats dels catalans per acostumar el seu paladar als menjars picants, de l'arribada al port de Veracruz, ple de gent que els aplaudia —alguns es veu que fins i tot duien pancartes de benvinguda— i de la gràcia que li feia la paraula *gachupines* referida als espanyols immigrats.

Aquella va ser la primera vegada que vaig preguntar-me quin pes tenien els orígens catalans en la meva identitat, que fins aleshores havia considerat clara i monolítica.

Des de l'endemà mateix vaig començar a endur-me volums de la biblioteca —tots els que trobava, que no eren gaires— sobre Catalunya. La meva germana no podia amagar la seva estupefacció:

—Però què t'ha agafat, ara?

Jo anava compartint amb ella els meus descobriments,

però saltava a la vista que no l'emocionaven tant com a mi.

Per això quan, després de separar-me, li vaig dir que volia anar a conèixer el lloc d'on veníem, la meva germana no va manifestar cap sorpresa. Fins i tot va animar-me:

—T'anirà bé un canvi d'aires! Un parell de setmanes de vacances i tornaràs com nova!

Però quan li vaig aclarir que la idea era passar-hi un parell de mesos i, si hi trobava feina, fins i tot més, l'Adriana va canviar l'expressió i el to de veu. Els somriures i les paraules d'ànim van deixar pas a les males cares i els retrets.

—No pots fer-ho. No pots deixar-me aquí, sola!

—Sola? No em facis riure...

L'Adriana va callar. Perquè era veritat que tenia un marit fantàstic i un nadó de pocs mesos que la tenia enamorada i una gran família que l'agombolava. Però va fer un intent desesperat:

—A mi també m'agradaria conèixer la terra dels nostres avis. Sempre ho he desitjat i sempre havia pensat que hi aniríem juntes.

—Adri...

Vaig deixar escapar una rialleta per sota el nas i, després d'un silenci breu però que deia moltes coses, vaig insistir en les meves raons:

—Has d'entendre-ho. L'avi va morir sense donar-me temps a preguntar-li tot el que vull saber. I ara ha mort el pare, el meu darrer vincle amb la seva pàtria...

Vaig haver de prometre-li que la mantindria al corrent dels meus descobriments sobre el país, els avantpassats i els membres de la família que encara eren vius (un cosí germà del pare del qual havíem sentit a parlar vagament).

L'Adriana, en justa correspondència, em va prometre

que m'aniria informant de les novetats de la família mexicana. Necessitava mantenir-me connectada als tiets i cosins i, sobretot, volia estar al cas de la salut de la mare que, tot i que es trobava prou bé, havia quedat molt tocada per la mort del marit.

Així que, trenta anys després, la meva germana i jo vam tornar a fer una mena de jurament de sang. N'havíem fet un quan érem molt petites.

Va ser un dia d'hivern, al parc. Feia un dia rúfol i ens tapàvem la boca i el nas amb les bufandes, que no ens agradaven perquè picaven i, com que eren d'angora, ens entraven pèls a la boca. Dúiem les trenes llargues i l'uniforme de l'escola, amb faldilla prisada i mitjons a sota genoll.

Com sempre, ella duia les trenes impecables, com quan havíem sortit de casa al matí i les sabates com si les acabés de cirar. Les meves trenes, en canvi, estaven mig desfetes, i duia els mitjons al garró.

L'Adriana —que era més petita però més valenta— va fer uns talls als canells de l'una i l'altra i vam ajuntar les pells, perquè la sang es barregés. Després d'allò, érem més que germanes, érem pràcticament una mateixa persona i estaríem unides per sempre. No sé on devíem haver llegit o sentit aquesta bestiesa.

Després vam cobrir els talls amb esparadrap i, quan la mare va preguntar per què el dúiem, vam inventar una història estrafolària sobre una caiguda conjunta d'un arbre. Segur que no ens va creure, però no va preguntar res més.

Vaig marxar de Puebla a començament d'abril, sense bitllet de tornada, amb una maleta plena de productes mexicans i una adreça escrita al mòbil: Joan Antoni Romeu, passeig Nou, 8. Figueres.

A l'aeroport, la meva germana em va fer una abraçada llarga i em va dir, a cau d'orella: no tardis a tornar, Griselda. Mai no em diu Griselda, sempre Gris. Sap que odio el meu nom. No sé si ho va fer per donar solemnitat al moment o per provocar-me i que no m'oblidés que, com a bona germana petita, sempre la tindré amb mi, a punt per fer-me la guitza.

Em van posar Griselda perquè se'n diu la meva àvia paterna. Suposo que els pares no van pensar en mi. Quan me'n queixava, la mare em preguntava per què em desagradava tant, aquest nom. Jo li deia que era nom de fada dolenta. O de germanastra de la Ventafocs. I sempre acabava retraient-li que ella, que tenia un nom tan bonic, em carregués a mi, la seva primera filla, amb un de tan horrible.

La mare es diu Flor i és filla del mexicà Arturo Azuera Valdés i de la catalana Rosa Amorós Coma. Tot i el matrimoni mixt, la casa dels avis materns era absolutament mexicana.

L'àvia Rosa, que havia arribat a Mèxic amb només tretze anys, parlava català a casa, amb els seus pares, però tota la seva vida social es desenvolupava en castellà i, quan es va enamorar de l'Arturo Azuera —un home dominant, de caràcter volcànic i idees poc flexibles— va abandonar totalment la seva llengua materna i va criar les seves cinc filles en les tradicions mexicanes i en una llengua que també considerava pròpia. El rastre de catalanitat a casa dels Azuera Amorós era escàs, però dolç: la crema per Sant Josep, les coques amb fruita confitada per Sant Joan, els panellets per Tots Sants. L'Arturo, que era tan masclista com llaminer, renegava de la llengua de la seva dona però acceptava gustós que la Rosa conservés les tradicions de la cuina catalana.

Les cinc filles dels Azuera van ser batejades amb noms de la família paterna —Flor, Gabriela, Inés, Camila i Angélica— i eren més mexicanes que els *jalapeños*. Algunes de les meves ties, quan anaven a escola, van tenir contacte amb alguna de les nombroses llengües mexicanes, com el maia o el nàhuatl, però, en canvi, mai a la seva vida van sentir parlar català. Només sabien que la seva mare havia nascut al nord d'Espanya i que havia travessat l'oceà fugint amb els seus pares d'una guerra de la qual a casa no se'n parlava mai.

Els records que guardo de la casa dels avis Azuera són de colors vius. A l'entrada hi havia un altar ple de ciris blancs, grocs i vermells que encerclaven una imatge de la Virgen de Guadalupe; gerros plens de flors a qualsevol racó, damunt de les calaixeres i de la taula del menjador. Les butaques de la sala estaven cobertes amb robes gruixudes, de colors virolats. La façana de la casa era de color caldera, amb grans finestrals que l'omplien de llum, i les rajoles de terra eren vermelloses i estaven encerades, brillaven com si fossin miralls. A la cuina, els taulells eren de ceràmica blanca i blava i a les parets hi penjaven rastelleres d'alls i de pebrots verds i vermells.

També en recordo les olors: la casa feia una flaire característica, que no s'assembla a cap altra que hagi sentit. Una barreja de cítrics i picants, amb perfum de vainilla i de rosa.

Com que la mare era la més gran de les filles, quan jo vaig néixer, les seves germanes encara eren solteres. Les recordo a casa els avis, xerrotejant sense parar sobre amors i desamors, sobre els homes més atractius de Puebla, emprovant-se vestits o compartint maquillatge. S'assemblaven totes força: ulls foscos i ametllats, cabellera abundant i ondulada, les boques grosses i sempre pintades d'un vermell encès. Eren —ho són encara— petoneres, divertides, ploraneres, polides i xafarderes.

La meva germana ho té clar: quan érem petites era molt difícil no sentir predilecció per la branca materna. La família del pare, molt més reduïda, semblava dominada pel caràcter reservat i melancòlic de l'avi Antoni (un caràcter que, sense adonar-nos-en, vam identificar amb el tarannà català).

A casa dels avis Azuera, en canvi, sempre estaven a punt de celebrar una festa: en qualsevol moment i amb qualsevol excusa, les meves ties començaven a treure copes i ampolles de tequila o de rom o d'aquells licors que a mi em feien tant de fàstic, amb un cuc a dins. L'àvia, mentrestant, omplia la taula del menjador de menges diverses, de centres de flors i de copes de totes les mides. Recordo aquella taula atapeïda i abundant. Feia goig de veure.

L'avi Azuera s'agafava aquelles celebracions amb filosofia, tot i que després es queixava que, amb tant d'aldarull, no havia pogut treballar en tota la tarda. L'avi, que havia estat secretari de l'Ajuntament de Puebla, ja estava jubilat però, tot i així, es passava hores tancat al seu despatx —una habitació petita i lluminosa al fons del passadís—. Ningú no sabia exactament a què es dedicava, però les seves filles, que jo crec que l'admiraven i el temien a parts iguals, asseguraven que el seu pare estava preparant una gran obra literària, potser les seves memòries. Ningú no n'havia llegit mai ni una ratlla.

Quan hi havia alguna trobada, doncs, l'avi es queixava, però ho feia amb la boca petita, content de veure la taula ufanosa i la seva família reunida. Quan la festa començava a llanguir i les dones es posaven a recollir plats, gots i ampolles, l'avi es feia fonedís. Mai, ni una sola vegada, no el vaig veure traient un plat de taula i mai no vaig sentir l'àvia ni cap de les filles retreure-li aquesta actitud. Quan nosaltres vam créixer i parlàvem de masclisme, l'àvia s'emmurriava i les tietes ens feien callar amb grans escarafalls. Era el regnat d'un rei absolutista. Un rei que es mantenia tranquil mentre les filles li oferien somriures i manyagues i li deien que sí a tot, però que podia encendre's com una torxa si algú gosava portar-li la contrària.

L'avi Arturo era un home alt i gros, que caminava balancejant-se perquè l'artrosi se li estava menjant els malucs —en paraules de l'àvia—. Tenia una panxa enorme i rodona i un bigoti espès de color de fum. Tot ell, també la seva rialla, em feia pensar en l'ogre dels contes. Així el veia, com un ogre envoltat de princeses.

L'àvia era baixeta i poca cosa, amb la pell tan blanca que semblava transparent i uns ulls de color blau cel que quasi desapareixien quan somreia. Tenia veu de soprano i sovint feinejava per la casa taral·lejant cançons dels seus cantants preferits.

De les ties, la meva preferida era la tia Inés. Romàntica i riallera, sempre estava de bon humor i, sobretot, era la que duia els vestits més bonics. Se'ls cosia ella mateixa, perquè tenia molta habilitat per a la costura i les manualitats. La recordo les nits de Cap d'Any, amb vestits de lluentons i faldilles de tul. Semblava una fada i, segons deien les seves germanes, els nois de Puebla li anaven al darrere, tot i que ella sempre assegurava que no es casaria mai. I així va ser: la Inés es va quedar soltera i va fer carrera com a actriu en les inacabables sèries de televisió a les cadenes del Grupo Televisa.

Quan l'avi la veia a la pantalla del televisor deixava anar

una tirallonga de renecs, i la seva dona i les altres filles el renyaven i el feien callar, sense apartar els ulls de la pantalla, que miraven embadalides.

Quan l'àvia es va fer gran i la seva arterioesclerosi li va fer perdre el cap, confonia la seva filla amb els personatges que la Inés interpretava a la tele. Això es va acabar quan, a la sèrie titulada *Amores y desvaríos*, la protagonista —interpretada per la Inés— moria en caure d'un cavall que anava al galop i l'àvia es va posar a xisclar i a sanglotar creient que realment havia perdut la seva filla. L'avi, cansat d'aquells drames sense sentit, va agafar el televisor i el va llençar per la finestra. La veïna de la casa del costat, que estava escombrant la vorera, va tenir un ensurt de por i va amenaçar de denunciar-lo, però, com que l'Arturo Azuera tenia la fama que tenia, el marit la va convèncer que més valia deixar-ho córrer.

Les altres germanes Azuera sí que es van casar i van tenir fills. Tinc vuit cosins, tots a la banda materna. La tia segona, la Gabriela, que és infermera, es va casar amb un pediatre de gran prestigi i van tenir bessons: el Carlos i el Miguel. La Camila, la quarta, es va casar amb un músic, que passa molts mesos fora de casa, fent gires pel país amb la seva banda. Tenen una filla, Lucila, que és la meva fillola.

La més petita de les germanes, l'Angélica, és la que té un caràcter més dòcil. Ha tingut sempre una salut delicada, cosa que no li va impedir tenir cinc fills. El petit Leonardo va néixer el 12 de desembre, festivitat de Nuestra Señora de Guadalupe i el dia que comencen a Puebla les festes de Nadal. Quan els avis encara vivien, les celebracions començaven per l'aniversari del Leo i s'anaven succeint fins al dia 6 de gener, el dia de la *rosca de Reyes* i l'única ocasió en què l'àvia imposava la seva llei.

Les famílies mexicanes segueixen el costum de menjar la *rosca*, on hi ha amagada una figureta del Nen Jesús. Qui la troba es compromet a convidar tots els presents a una festa el dia de la Candelera. L'àvia, però, encarregava especialment una *rosca* on, en lloc de la figureta, hi havia amagada una fava. «Qui troba la fava paga la *rosca*», deia l'àvia, mentre tallava somrient el tortell. El seu home remugava: «*¡Qué jalada, mujer!*, canviar la figura del nen Jesús per una fava!». I afegia l'inefable: «*¡Esos catalanes...!*».

L'Antoni Romeu, l'avi patern, era un home de bon caràcter, amable i ben educat. Sempre vaig pensar que se sentia un home afortunat per haver compartit la vida amb la dona que estimava i per haver dedicat els seus millors anys a l'ensenyament. Quan, anant amb ell pel carrer, ens aturava algun exalumne, el veia estarrufar-se i després passava tot el dia recordant la conversa i repetint com n'estava, d'orgullós, d'haver tingut a les aules alguns dels homes més influents de la ciutat.

Entre la comunitat catalana, gaudia d'un gran reconeixement gràcies a les col·laboracions periòdiques a les publicacions dels exiliats. Els seus articles desprenien un to inevitablement nostàlgic, però no es descuidava mai de subratllar la gran generositat amb què Mèxic havia acollit els milers de catalans que havien arribat al país fugint de la Guerra Civil espanyola.

A casa dels avis Romeu sempre hi érem benvingudes i, com que érem les úniques netes, se'ns permetien tota mena de capricis i rebíem regals contínuament, però, tot i això, la *família catalana* —com en deia l'avi Arturo amb un deix de menyspreu— no podia competir amb l'atractiu i l'alegria de les cinc meravelloses germanes Azuera.

No va ser fins que vaig fer-me gran —i a partir del dia que el vaig acompanyar al Casal Català— que no vaig començar a preguntar-me quina ferida havia deixat l'exili al cor del meu avi. Com havia pogut superar la pèrdua dels amics i de la família, quin dolor havia sentit en veure's lluny de casa. Vaig agafar el costum d'anar-lo a visitar els diumenges a la tarda i, asseguts a la saleta de casa seva —l'àvia cuinava i sentíem de fons com taral·lejava cançons de Jorge Negrete—, l'avi rememorava per a mi aquella història que començava el mes de gener de l'any 1939, quan va travessar la frontera de França carregat amb un farcell de roba i molta recança.

Només aleshores em vaig adonar que l'avi era un home desencaixat. Recordo que vaig començar a llegir escriptors catalans que —pensava— podien ajudar-me a entendre com es podia haver sentit, ja que ell —un home reservat, que havia triat callar— explicava els fets, la història, però mai no aprofundia en els seus sentiments. Vaig llegir Calders i Tísner, les cartes d'Anna Murià, els versos de Pere Quart. El dia que vaig llegir les «Corrandes de l'exili», asseguda en un banc del Jardí Botànic Universitari, l'emoció em va envair per sorpresa i, en acabar (*una pàtria tan petita / que la somio completa*), em vaig quedar una bona estona en silenci, les mans damunt del llibre de poesia.

L'Adriana, en canvi, argumentava que l'avi havia triat lliurement fer-se mexicà. Havia abraçat una nova cultura i havia estimat el país que mirava amb els ulls de la dona de qui s'havia enamorat. Segons ella, el pes del seu passat anterior a Mèxic era escàs: ens en parlava molt poc.

Jo replicava: no en parlava gaire perquè, quan ho feia, ningú mostrava interès per escoltar-lo. L'home no es volia fer pesat.

Crec que l'Adri interpretava el meu interès pels nostres orígens com una petita traïció, com si tot d'una jo volgués deixar de ser mexicana de cap a peus, com totes dues ens havíem sentit sempre. En els seus retrets hi sentia l'eco del to de l'avi Azuera: «*¡Esos catalanes...!*».

Jo, en canvi, pensava que haver viscut d'esquena a la història de l'avi (al cap i a la fi, també era la nostra història) era un error que calia corregir. Sentia que aquest desconeixement era un buit, un forat que em feia estar incompleta. Conèixer Catalunya, arribar a estimar-la, no em faria menys mexicana.

Fins i tot m'arribava a plantejar si l'exili forçat i violent del meu avi era l'origen no tan sols del seu tarannà innegablement melancòlic, sinó també del meu caràcter llunàtic i inestable, amb períodes d'una tristesa inexplicable.

La meva germana no entenia —o ho entenia però es negava a acceptar-ho— que una experiència viscuda per l'avi ens pogués afectar a nosaltres. Què et penses, que els traumes personals s'hereten? Que el sofriment passa d'una generació a una altra com els ulls blaus o la simpatia?

Hi havia encara un últim argument que em feia pensar que marxar a Catalunya era una bona idea. L'avi havia deixat en el seu testament una bona quantitat de diners a les seves netes. Què l'hauria fet més feliç que saber que els invertiria en el viatge a la seva arcàdia perduda?

—Però no ho sabrà —deia l'Adriana, amb el seu sentit pràctic.

Tant me feia. Sentia que ell m'havia encarregat —sense fer-ho— una missió: emprendria el viatge de tornada que ell no va fer mai.

Capítol II

Estimada Adriana,

Ja soc a Barcelona! Fa un dia esplèndid!

Estic instal·lada en un hotel del carrer de la Diputació, a l'Eixample, que és aquell barri ple de carrers en quadrícula al centre. Serà el primer campament base des d'on visitaré la ciutat i d'aquí a uns dies, quan ja m'hagi situat una mica, me n'aniré cap al nord del país per conèixer el cosí germà del pare. Li vaig demanar a la mare que no l'avisés. No vull que m'estiguin esperant.

La primera impressió que m'ha fet Barcelona és excel·lent. És una ciutat plena de vida però més serena que Puebla i infinitament més tranquil·la que DF.

De moment, no he tingut cap problema amb el català. En general, tothom se t'adreça directament en castellà i, en cas que ho facin en català, quan els demano que parlin a poc a poc perquè acabo d'arribar i encara em costa entendre'l, es passen al castellà automàticament.

M'he fet uns itineraris per a la visita turística que em permetran veure els llocs més emblemàtics i els millors museus. T'aniré enviant fotos!

Recorda't d'explicar-me com va tot per aquí. Vull notícies de tothom. Pots trucar-me quan vulguis, però vull evitar les trucades perdudes o les interrupcions molestes. Si no hi ha res urgent és millor que ens comuniquem per e-mail, que podrem llegir al final del dia tranquil·lament. No et sembla?

Una abraçada plena d'amor.

Estimada Gris,

Fas cara de felicitat, a les fotos. T'he vist aquest somriure d'artista de cine que et conec tan bé. I et brillen els ulls. Aquí està tot tranquil, però hauràs de trucar a la mare més sovint perquè ella, del correu electrònic, no en vol saber res i no en té prou que jo li llegeixi els que rebo. Et vol sentir la veu. Està neguitosa de tenir-te tan lluny i vol saber les teves impressions de la llegendària Catalunya.

La resta de la família, sense novetats. Les ties es troben un cop a la setmana per berenar i de vegades hi passo una estona. Les tardes solen rodolar entre plors i rialles, sense solució de continuïtat. Qualsevol referència al pare les fa esclatar en sanglots i, amb la mateixa facilitat, qualsevol broma innocent les fa petar-se de riure.

Es posen al dia parlant dels fills i repassen les xafarderies que corren pels carrers i els bars de Puebla; també fullegen les revistes del cor i critiquen les actrius de la seva època que s'han estirat la cara. Em pregunten per tu i no acaben d'entendre per què has marxat.

Et trobo a faltar.

No hi havia ni un sol correu de l'Adriana que no acabés amb el retret, més evident o més amagat, per haver-me allunyat del seu costat. M'hi estava acostumant i ja no l'hi tenia en compte.

L'endemà d'haver-li descrit Barcelona com una ciutat

«plena de vida però serena i tranquil·la», vaig sortir a trepitjar els carrers de la capital catalana i vaig constatar que no tot és tan magnífic com em va fer veure l'eufòria del primer dia. Em molestava l'excés de turistes i, certament, la ciutat podia estar més neta. Però no vaig escriure a l'Adriana per rectificar la meva impressió inicial. Em vaig recordar de l'avi, quan deia que, en arribar a Veracruz l'any 39, va quedar impactat per aquells carrers sense asfaltar. Els llocs mai no són com els hem imaginat.

Tampoc no m'agradava que em costés tant sentir parlar en català. Em feia la impressió que aquesta llengua que el meu avi recordava tan viva, defensada pel poble durant els anys obscurs del franquisme, ara estava en segon terme. I això, en lloc de fer-me sentir més còmoda, m'entristia.

El tercer dia vaig començar a estudiar la guia que m'havia comprat. Vaig repassar les comarques i vaig situar les ciutats que m'agradaria visitar. Figueres, la ciutat d'on provenia la família, era a dalt de tot, molt a prop de la frontera francesa.

Em moria de ganes de visitar els Romeu catalans i pensava sotmetre el cosí del meu pare a una bateria de preguntes. En els últims anys, des de la mort de l'avi, el pare només havia creuat amb ells una felicitació per Nadal.

Mentre passejava per Barcelona, no parava de preguntar-me si el meu avi hauria passat alguna vegada pel carrer per on jo ara transitava. Enlairava la vista per contemplar les façanes modernistes, m'aturava als xamfrans de l'Eixample, m'asseia en una terrassa a la plaça Reial. Respirava l'aire humit i cercava en aquell cel tan blau alguna cosa familiar, un batec conegut. Barcelona, en canvi, em resultava una ciutat atractiva però impersonal, amb les mateixes botigues que omplien els carrers de qualsevol capital del món. Aparentment, res no m'hi lligava. Enyorava Puebla i em sentia una turista més entre els centenars de visitants que passejaven embadalits pel passeig de Gràcia.

L'amor de l'Antoni i la Griselda

Quan va conèixer la que havia de ser la seva dona, ja feia cinc anys que l'Antoni Romeu havia arribat a Mèxic. Els quatre primers havia fet de mestre en una escola rural. Després de la revolució, Mèxic treballava per treure la seva població de l'analfabetisme i fer arribar l'educació als nens de les famílies camperoles. Per a un home d'esquerres, com era l'Antoni, aquell era un projecte engrescador i s'hi va abocar amb entusiasme vocacional. Tot i així, se sentia molt sol i s'enyorava terriblement de la família. A les nits, quan se n'anava a dormir, rendit després d'una llarga i esgotadora jornada, era quan l'enyor arribava com un espectre que se li asseia als peus del llit. Haver-se d'expressar sempre en castellà l'esgotava i sovint es refugiava en un dels pocs llibres en català que tenia per retrobar-se amb la llengua. La sensació era similar a la de posar-se les sabatilles quan arribes a casa.

La comunicació amb els de casa era difícil, escadussera. Les cartes havien de ser escrites en castellà —i era una incomoditat insuportable adreçar-se als seus pares i germans en una llengua que no era la seva—, i li feia por que la censura les revisés i, amb qualsevol excusa, compliqués la vida a la seva família. Entre els refugiats corria la brama que això passava sovint.

Tancava els ulls i, mentre les llàgrimes se li escapaven i anaven mullant la coixinera, imaginava la distància immensa que els separava i la nostàlgia agafava cos i li pesava damunt del pit fins a fer-lo respirar feixugament. En aquell oceà que l'allunyava de casa hi suraven les abraçades del seu germà, l'olor dels *platillos* de la seva mare, les passejades per la rambla de Figueres, la tramuntana que xiulava i feia petar els porticons de les finestres.

L'endemà, el nou dia foragitava les tristors i l'Antoni recuperava l'optimisme: treballaria uns anys a Mèxic (aquelles criatures d'ulls foscos i vius, assedegats de coneixements, eren una gran motivació) i, quan Franco hagués estat derrocat, tornaria a casa i podria aportar a l'escola catalana els coneixements i l'experiència que estava adquirint en el projecte educatiu mexicà. L'Antoni —i com ell, la majoria d'exiliats— tenia l'esperança que la derrota del feixisme a Europa havia de significar l'esfondrament del règim franquista, més d'hora que tard. Tornar a Figueres era cosa de mesos, n'estava convençut.

Però acabada la guerra europea, les esperances dels catalans exiliats van anar fonent-se com un grapat de neu a les mans. L'Antoni va fer un esforç per ser realista: si el seu futur era romandre a Mèxic, no podia quedar-se en aquell racó de món. Per més que la feina fos engrescadora, necessitava aconseguir un entorn, crear-se una nova vida. Així que va agafar la vella maleta de cuiro —de moment no tenia res més— i va marxar a la ciutat de Puebla, on vivia un conegut figuerenc que li prometia allotjament i feina, encara que fos precària.

I Puebla el va enamorar. Era una ciutat alegre, amb carrers amples i edificis imponents, i de seguida s'hi va sentir còmode. El seu amic li va oferir treballar a la ferreteria d'on ell era gerent, un negoci important, una botiga molt gran on s'hi podia trobar pràcticament de tot i que tots els habitants de Puebla visitaven un dia o un altre de la setmana.

A la ferreteria hi treballava la Griselda Ávila, una noia bonica i discreta, amb els ulls d'un verd transparent, que es movia per la botiga com una gata àgil i polida i trobava qualsevol producte que li demanessin. Era molt jove, encara no havia fet vint anys i se'l mirava tímidament quan tots dos despatxaven rere el taulell. Cargols i martells, somriures i mirades, filferro, tornavisos, tenalles i trepants.

L'accent de la Griselda era cadenciós i musical, dolç com les pastes que duia per esmorzar, embolicades amb el paper sedós i cruixent de la pastisseria.

L'Antoni no s'havia enamorat mai, mai no havia sentit la impaciència que el consumia el cap de setmana, el desig que l'acompanyava els dilluns al matí, caminant cap a la botiga, sabent que la veuria al cap d'uns minuts. No va poder aturar aquell corrent que se l'enduia i, quan va adonar-se'n, quan va pensar què significava estimar una noia mexicana, saber que ja no podria viure sense ella i que allò volia dir que ja no voldria marxar, ja era massa tard per posar-hi fre. L'estimava i ella el corresponia.

Es van casar al cap d'un any i va ser un dia tristíssim. Es va sentir sol i perdut entre tota aquella gentada —la família d'ella— que vestien robes de colors vistosos, somriures esbatanats, que s'abraçaven i ballaven. La seva mare va plorar quan ell li va trucar al vespre, i ell amagava les llàgrimes i li deia que era l'home més feliç del món.

Aquella nit, la seva dona el va estimar amb fúria i amb delicadesa, amb una generositat sense límits, i ell —mentre es preguntava com havia après a estimar tan bé aquella noia tan jove— va saber que havia pres una bona decisió, que la Griselda el compensaria de tot l'enyor.

El primer fill va arribar molt aviat, quan feia deu mesos que eren casats. La Griselda va voler posar-li el nom del seu pare, Víctor.

La paternitat va descobrir a l'Antoni un món de tendresa que fins aleshores havia restat emmascarat per la virilitat rància en què l'havien educat.

El to de veu se li endolcia quan s'adreçava al menut i mai no es cansava de jugar-hi. La Griselda els contemplava al vespre, perquè era un espectacle que no l'avorria mai: pare i fill davant de la llar de foc, enjogassats. El nen d'encara no dos anys ja començava a intentar paraules que l'Antoni li feia repetir amb paciència infinita: pa-pa, a-gua, ga-lle-ta...

La seva dona es va ajupir i li va passar la mà pel clatell:

—No has pensat mai de parlar-li en català?

L'Antoni va encongir les espatlles i, amb un to intranscendent, com si allò que estava dient no tingués cap importància, va respondre a la seva dona que li havia fet por que el vailet es fes un embolic. Simplement això. Que li havia fet por que es fes un embolic.

I per dins, va reviure l'instant que va agafar el seu fill en braços per primera vegada. Com anava a murmurar-li «benvingut, menut» i com havia rectificat sobre la marxa i havia dit «bienvenido, pequeño». I com aquelles paraules li van provocar una gran incomoditat, un dolor profund que encara de tant en tant el sorprenia.

Ho havia fet amb bona fe, pensant que li facilitaria la vida, que el català no li havia de servir per a res més que per heretar la nostàlgia del seu pare. Gairebé tots els catalans exiliats que coneixia havien fet el mateix, deixar el català guardat com un tresor perquè no fes nosa.

La llengua catalana era el seu país, la seva família, la seva infància. Però també era el que el lligava amb l'exili i amb la repressió, amb la por.

Quan el nen va créixer, cada vegada que el sentia parlar en castellà amb els avis (i imaginava els pares, a casa, forçats a aquell artifici) li tornava a venir aquell dolor cantellut i temia haver-se equivocat. Fins i tot va intentar fer classes de català al seu fill, quan el noi va créixer, fer-li llegir les revistes que editaven els refugiats, però en Víctor, sense mostrar rebuig, tampoc no manifestava cap interès.

El segon embaràs va ser un suplici pràcticament des de la primera falta. La Griselda es llevava marejada i les nàusees ja no la deixaven tranquil·la en tot el dia. Aviat va haver de deixar d'anar a treballar —va perdre la feina automàticament— i es passava moltes hores al llit. Treia tot el que menjava i, en lloc d'agafar pes, s'aprimava. Li van aparèixer unes ombres liloses a sota els ulls i la pell del rostre semblava de cera.

L'Antoni estava amoïnat, però la seva dona suportava el basqueig permanent amb un somriure. Les poques estones que es trobava bé brodava llençolets per al bressol de la nena —«Com ho saps, que és una nena?», preguntava ell; «Ho sé i prou», deia ella — feia una llista amb els noms que li agradaven. Finalment, va decidir que li posarien Maria, com la mare de l'Antoni, per fer-lo content.

A mig embaràs, l'Antoni va començar a referir-se a la nena amb el nom de Marieta, que era com el seu pare anomenava afectuosament la seva dona.

El part va ser tan traumàtic com feixuc havia estat l'embaràs. La Griselda va arribar-hi sense forces i, entre contracció i contracció, encara perbocava.

Segurament per aquesta raó, la partera no va adonar-se de les mirades d'espant que creuaven la llevadora i la infermera que l'ajudava. Tampoc no va ser conscient del silenci lúgubre amb què van rentar la cara del nadó i van embolicar-lo. No tenia esma ni per demanar veure la seva filla. Només desitjava descansar el cap damunt del coixí i tancar els ulls.

Però aleshores, l'Antoni va passar-li la mà pel front, apartant els flocs de cabells xops de suor. Va dir el seu nom amb una veu fluixa, molt dolça, i llavors va ser quan la Griselda va adonar-se de tot. Del silenci, de les mirades desolades, de la immensa tristesa que negava els ulls grisos del seu home.

Va demanar que li acostessin la nena i la va tenir damunt del pit uns minuts. No pesava gens. Feia una olor estranya que li va recordar les pomes quan són molt madures.

Els anys següents van ser un rosari interminable de desenganys cada vegada que començava a tenir mal a la ronyonada, amb cada fiblada al baix ventre, cada cop que veia la taca de sang, la prova mensual que el seu anhel s'esvaïa.

Cada any, quan arribava la data assenyalada —la del naixement i la mort de la Marieta—, a l'entrada de casa hi apareixia una fruitera de vidre, fonda i amb les vores ondulades, plena de pomes vermelles, disposades construint una piràmide.

Durant la jornada, mentre les pomes anaven perfumant la casa, la Griselda pensava en la seva filla. Era el dia que es donava permís per pensar-hi, per imaginar si li hauria agradat jugar a nines o més aviat li agradaria jugar a pilota amb el seu germà. O quina mena d'adolescent seria, si elles dues s'avindrien o haurien de superar les tradicionals baralles entre mare i filla. Segurament, la Marieta seria la debilitat del seu pare, aconseguiria qualsevol cosa d'ell. I amb el seu germà? Compartirien els amics? Potser ella s'hauria enamorat d'un company d'en Víctor.

Cap al tard, la Griselda recollia les pomes i començava a pelar-les i tallar-les a daus, per fer-ne un pastís. El seu fill, aliè a la data que commemoraven, quan entrava a casa i en sentia l'olor, s'acostava a la mare i, fent-li una moixaina, l'hi agraïa: «Que bé, mare, pastís de poma!».

***

Els he conegut, Adri, i són fantàstics!

Ja sé que em diràs que tothom ho sembla, d'entrada. I tens raó, però et puc assegurar que la primera impressió és bona, boníssima.

Vaig començar per visitar en Joan Antoni, el cosí del pare. El vaig anar a veure a casa seva i hauries d'haver vist la cara que va fer quan li vaig dir qui era. De veritat que se'l veia emocionat, realment content, mentre jo em preguntava el perquè de tanta alegria, si tenim en compte que la relació que han mantingut aquests dos cosins tota la vida ha estat mínima.

I això mateix és el que em va dir: que ara, a les seves velleses (ho va dir així textualment), havia començat a pensar sovint en aquest cosí, l'únic cosí germà que tenia, i que es penedia moltíssim de no haver-se esforçat a establir-hi un contacte més estret. Semblava molt afligit per no ser-hi a temps.

La casa es veia a primer cop d'ull que era d'un bon arquitecte. Les habitacions àmplies i quadrades, grans finestrals, molta llum, sostres més aviat alts i, sobretot, un terra molt original, de colors vius, que em va cridar molt l'atenció. La Francesca es va adonar que les mirava i em va preguntar si m'agraden les rajoles hidràuliques.

Ja et deus imaginar que no sabia de què em parlava. En Joan Antoni em va explicar que el paviment hidràulic es va posar de moda a Catalunya a final del segle XIX i que és molt típic de les cases modernistes. Després, força indignat, va afegir que s'ha anat substituint pel gres, el marbre o el parquet, perquè aquestes peces tan elaborades eren molt cares.

Els vaig dir que m'agradaria molt veure una d'aquestes cases modernistes i els va faltar temps per oferir-se a acompanyar-m'hi. Són molt amables, de veritat.

Estàvem asseguts a la peça més gran de la casa, que donava a un petit jardí on em va semblar veure-hi un parell de llimoners i testos amb hibiscs vermells.

Vaig saber que la Francesca, la segona dona d'en Joan Antoni, és dissenyadora i treballa en una editorial especialitzada en literatura infantil. Ell té dos fills del primer matrimoni i un amb la Francesca. Tot nois.

M'han convidat a dinar diumenge i diu que miraran que hi siguin tots. T'ho explicaré al pròxim correu.

Com van les coses per aquí? Tot bé? Què fa la Violeta? Fes-li un petó de part de la tieta.

Gris

Capítol III

M'havien convidat a dinar el diumenge. El dia es va llevar serè, amb uns núvols prims que enterbolien una mica el cel, però cap al migdia el sol ja havia agafat embranzida i mirant amunt només es veia un blau perfecte.

M'estava en un hotel que és molt a prop de la casa dels Romeu, però vaig sortir una mica abans per poder donar un tomb per la ciutat. Figueres no em va semblar gaire gran, però els carrers estaven animats, sobretot a la zona propera al Teatre Museu Dalí. Em va fer la sensació que, en realitat, tota la ciutat girava entorn d'aquest pol d'atracció cultural i turístic que representa el pintor conegut arreu del món. El que més em va agradar, en aquella primera exploració, va ser la rambla. És un passeig molt bonic, com si fos d'una altra època, però no hi passejava gaire gent.

Tots els homes grans amb qui em creuava s'assemblaven al meu avi Antoni. Els buscava la mirada, fins i tot de vegades els anava al darrere una estona. Si no hagués hagut de marxar del seu país, s'hauria quedat a Figueres, l'avi? Potser no n'hauria sortit mai. Potser mai de la vida hauria pronunciat el nom de Mèxic. Impossible de saber si hauria estat més feliç o menys.

Vaig arribar a casa dels cosins quan faltaven deu minuts

per a l'hora que m'havien citat. Al moment de picar a la porta, el cor m'anava de pressa. Pensava en l'Adriana: em feia vergonya enfrontar-me tota sola a una família tan nombrosa.

Em va rebre el somriure càlid del pare de família, en Joan Antoni, que em va fer entrar passant-me el braç per les espatlles, amb un gest acollidor però que, tanmateix, em va intimidar una mica. És un home gros, amb una veu gruixuda i una mirada entre alegre i vanitosa, que deixava ben clar que és una persona satisfeta amb la seva vida, amb ell mateix.

Al pati del darrere hi havia la taula parada i molta gent al voltant, uns asseguts, els altres drets, criatures que corrien amunt i avall. Vaig sentir el pes de totes les mirades, segur que m'havia posat vermella. Imperdonable en una dona de quasi quaranta anys.

Tots tenien un aire de família, anaven vestits amb roba fresca i còmoda. Vaig pensar que l'havia encertat amb el meu vestit de fil blanc.

—Mira, aquests dos són els meus fills grans, en Joan i en Lluís: els gasos.

Vaig fer un somriure indecís. Dubtava si havia de donar-los la mà o fer-los un petó. L'home més alt va fer un pas endavant i em va abraçar breument, mentre deia:

—La brometa del meu pare... som els gasos perquè la nostra mare es diu Gas de cognom.

Va anar presentant-me un per un els membres de la família, explicant a què es dedicava cadascú. També hi havia el fill del segon matrimoni, les nores, els nets. Vaig estrènyer mans, vaig fer i rebre petons, vaig somriure a tort i a dret. Estava segura que no recordaria ni un sol nom.

Durant tota la trobada, no vaig poder estar-me de comparar-la amb les reunions familiars de la meva família materna, també alegres i nombroses. Les converses i el menjar; les conductes, la gestualitat, el tarannà dels uns i els altres. Podria fer un estudi comparatiu sobre la cultura mexicana i la catalana a partir d'un dinar familiar, rumiava. De tota manera, tampoc no podia saber si els Romeu eren representatius de la societat catalana. En tot cas, pertanyien a la franja més benestant.

El dinar va anar com una seda. S'esforçaven per parlar en castellà, tot i que jo els demanava que no ho fessin, que volia aprendre català. El fet és que vam anar canviant tota l'estona d'un idioma a l'altre: jo procurava anar prenent nota mental d'algunes paraules i frases fetes i ells acollien amb rialles algunes expressions meves que els resultaven gracioses.

Al final del dia, en acomiadar-nos, vaig poder recordar tots els noms. Els tres fills Romeu: en Joan, casat amb la Teresa, pares de dues nenes, la Blanca i la Jordina; en Lluís, casat amb la Marga, pares de l'Anna i la Milena; i en Pau, solter.

Quan li escrivís a la meva germana tots aquells noms, potser li farien tanta gràcia com els havien fet als catalans els noms de les meves ties i dels cosins mexicans. I el meu. Alguns van assegurar que Griselda els semblava bonic, però la majoria van estar d'acord amb mi que Gris m'escau més. En Joan —l'escultor— em va dir que era nom d'artista.

Estimada Gris.

Com van les coses?

L'aniversari de la mare va anar bé. Hi faltava la Inés, que passa uns dies a DF, a casa d'aquella amiga que ha tingut un fill. La resta hi érem tots i tothom va preguntar per tu. La

Gabriela va fer un pastís de carn que hi cantaven els àngels. La filla de la Camila va fer-nos un petit recital de piano després de dinar. No ho fa gens malament!

I res més. A les sis de la tarda ja érem a casa. Una cosa del tot impossible fa uns anys. Te'n recordes? Començàvem al migdia i se'ns feia fosc asseguts al voltant de la taula. Però fa anys que les trobades dels Azuera ja no són com abans.

La meva germana tenia raó. Després d'una ferida tancada en fals, els Azuera havíem esdevingut més aviat ocupants d'un vol que temen la zona de turbulències.

Les bodes d'or dels avis Azuera

Aquell dia els avis Azuera feien cinquanta anys de casats. Tot i que les filles havien insistit de celebrar-ho en un restaurant, l'àvia s'hi havia negat rotundament: era una festa familiar i la celebrarien a casa. I si havien d'estar més estrets, hi estarien.

Les dones —les filles i les netes— van arribar molt d'hora. Venien carregades amb cistells plens de verdures, de carn, de fruita, de tot el que feia falta per oferir un àpat fabulós en una data tan assenyalada.

L'àvia va repartir davantals i les dones van iniciar la coreografia: mànigues arremangades, cabells recollits al clatell, passaven draps damunt del marbre, agafaven els pots dels ingredients de totes les mides i els disposaven en fila índia; buscaven els estris i els deixaven tots a l'abast, com si fos l'instrumental d'una taula d'operacions d'un quiròfan o els pinzells i les espàtules d'un artista.

Treballaven l'una al costat de l'altra i mentrestant xerraven, reien, es donaven cops de colze i miraven les altres de reüll.

Però aquell matí de diumenge, a la cuina dels Azuera alguna cosa no rutllava. Era com si la maquinària no estigués greixada i grinyolés. L'aire s'omplia de murmuris, que cessaven tot d'una. Els músculs dels colls es tensaven com cordes de guitarra, la concentració amb què —suposadament— l'una tallava, l'altra barrejava i l'altra remenava, no era l'habitual. Era una introversió que amagava secrets i que s'anava inflant i amenaçava una deflagració.

Les més joves no s'adonaven de res. Anaven d'un costat a l'altre, diligents i rialleres, ajudant ara una tia, ara l'altra. Portaven els alvocats i la tia Inés els palpava per assegurar que estaven al punt; donaven els xilis a la tia Camila i ella els obria, en buidava les venes i les llavors i els tallava en quadrats petits; feien suc de llima que els havia demanat la tia Angélica; s'eixugaven les mans amb el davantal, s'apartaven els rínxols del front amb l'avantbraç. Fins que la Flor —la germana gran i, en ocasions com aquella, la que prenia les decisions i organitzava— va dir a les joves que podien descansar una estona.

Sortiu, feu un tomb i esmorzeu alguna cosa. Nosaltres seguirem avançant feina. No torneu de pressa, que ja ho tenim tot força encarrilat. Té, Griselda, agafa aquests diners, convideu els vostres cosins.

Va ser sortir les noies per la porta de casa i els xiuxiuejos van agafar volum, les expressions es van crispar, els sorolls de cuina van aturar-se i les mirades van fugir del morter i de la safata per enlairar-se i creuar-se les unes amb les altres.

L'àvia —sufocada, alguns blens grisos s'havien escapat del monyo que sempre duia tibant— va deixar anar la mà de morter amb un cop fort, damunt del marbre:

—I ara, em direu què passa?

Havia estat preparant *pico de gallo*, la salsa vistosa i acolorida que acompanyaria la carn: pebrot verd, ceba morada, coriandre, tot tallat petit. Calia afegir-hi el pebre negre, la caiena molta, el suc de llima.

—Flor, em dius què passa?

La germana gran va empal·lidir. Totes sabien què passava, i ara caldria dir-ho a la mare. Però ella sabia que algunes germanes no hi estaven d'acord. Va quedar-se en silenci, remenant d'esma el bol que tenia al seu davant, ple d'alvocat trossejat.

—No us ho preguntaré una altra vegada. Feu el favor. Què passa?

La veu de la mare, endurida, la veu de les ocasions serioses, la veu profunda i autoritària que només es deixava sentir molt de tant en tant.

La Flor, finalment:

—Passa que el teu gendre és un desgraciat.

La mare alça la mirada, interrogant i múrria:

—Quin gendre? En tinc quatre, filla.

—El teu gendre segon, el marit de la Gabriela.

El marit de la Gabriela era pediatre. Deu anys més gran que ella. Molt respectat a Puebla. No gaire alt però amb aires de superioritat. Un bigoti gris i frondós. Una mirada tèrbola.

—El doctor Santamaría, sí.

La Gabriela havia sortit sigil·losament de la cuina. L'havia seguida la més jove, l'Angélica.

De les tres que quedaven, la Camila encara no havia aixecat els ulls del marbre. Ara sí, ho va fer, i totes li van veure com la fúria li havia enfosquit els ulls, que eren d'un verd grisós.

—Flor, calla. Mare, no en facis cas... és una bestiesa, no cal que t'hi amoïnis.

Totes tres sabien que ja era impossible tornar enrere. Que la mare ho voldria saber tot. La Flor i la Inés consideraven que hi tenia tot el dret.

—Feu el favor d'explicar-m'ho.

La van fer seure en un tamboret, li van servir un got d'aigua i li van explicar que el marit de la Gabriela havia arraconat l'Angélica a l'ascensor de la casa on vivien i li havia magrejat els pits i l'havia petonejat fins a mig ofegar-la.

La vella senyora Azuera va tancar els ulls un instant. Després va començar a picar amb la mà de morter, suaument, quasi sense força, a dins del morter de pedra. I murmurava: «fill de puta, fill de puta». Les seves filles no li havien sentit a dir mai aquestes paraules, però intuïen que eren paraules catalanes.

Després la mare va fer entrar les dues filles que havien sortit de la cuina. A la Gabriela la van trobar al pati, asseguda en una butaca de vímet, arrambada als matolls de menta que deixaven anar una flaire intensa, fresca.

L'Angélica s'havia amagat en una de les habitacions de convidats i havia plorat, ajaguda al llit de bocaterrosa. Tenia els ulls vermells i inflats, els llavis turgents, tot el seu rostre semblava embotit i tumefacte.

El que va passar a continuació no havia passat mai entre les dones Azuera. Van alçar la veu, van proferir insults i amenaces, la majoria deixaven córrer les llàgrimes pel rostre sense eixugar-les.

Després d'una bona estona de batalla campal, la mare les va fer callar i va prendre la paraula per formular només una pregunta:

—Gabriela, has pres alguna decisió? Tens clar què vols fer?

La Gabriela, la segona de les noies Azuera, va fixar la mirada en els ulls de la seva mare i, com si estiguessin elles dues soles a l'estança, ignorant completament les seves germanes, va dir:

—No faré res. No cal fer res. Ja he demanat perdó a l'Angélica.

La seva intervenció va provocar una allau de crits, exclamacions indignades, fins i tot algun soroll fort provocat per un calaix tancat violentament o un cullerot llançat amb força a dins de l'aigüera.

La Flor i la Inés van pronunciar-se obertament a favor d'una separació immediata. La Camila considerava que el millor era obligar el doctor a prometre que l'episodi no es repetiria mai i silenciar els fets, que ningú no pogués assabentar-se'n. L'Angélica plorava, sense dir ni una paraula.

Totes volien saber què en pensava la mare.

La dona s'eixugava les gotes de suor amb el drap de cuina i finalment va parlar:

—Gabriela, t'ho torno a preguntar: què vols fer?

La Gabriela va dir que no pensava separar-se. Va assegurar que allò no es repetiria. Va tornar a demanar perdó a la seva germana petita.

—Bé —parlava la mare—: no hi ha res més a dir.

Aquell vespre van celebrar els cinquanta anys de casats dels avis. Van menjar i beure sense l'alegria d'altres vegades.

El doctor Santamaría va formar part de la festa, com si res no hagués passat.

Aquella nit totes les germanes Azuera es preguntaven com reaccionaria el seu pare. Aniria a buscar el gendre i li partiria la cara? Demanaria a la Gabriela que continués casada i guardés silenci?

Però l'avi Azuera va morir aquella nit d'un atac de cor.

I, entre una cosa i una altra, les celebracions familiars, efectivament, no van tornar a ser mai més com abans.

Capítol IV

Estimada Adriana,

Avui sí que al·lucinaràs amb la història que t'explicaré. Fins i tot he dubtat si fer una videotrucada per poder anar veient la cara que fas. Però ja saps que m'estimo més el correu i, no puc negar-ho, m'afalaga que diguis que soc una bona narradora.

El fet és que ahir vaig anar a sopar a casa dels Romeu. Hi eren tots i el xivarri que hi havia em va fer pensar en vosaltres. Us enyoro, per més que tu t'encaparris a pensar que no.

Em van fer tastar molts plats de cuina catalana (t'haurien encantat, després al vespre t'envio les fotos que vaig fer): escalivada, brandada de bacallà, pollastre amb escamarlans (sí, sí, com ho sents, pollastre i marisc en un mateix plat, boníssim)...

Però deixem estar el menjar. La cosa és que els Romeu van començar a explicar històries familiars, que saben que això és el que jo vull, conèixer la família. Van parlar, sobretot, del matrimoni format per en Joan Romeu i la Maria Darné, o sigui, els pares del nostre avi Antoni. Eren fills de Bàscara, un poblet molt petit de l'Alt Empordà i, acabats de casar, es van traslladar a Figueres, la capital de la comarca, per posar-hi una botiga d'alimentació (segons em van dir, en deien un «colmado», una paraula que és incorrecta en català normatiu: un altre dia et parlaré de Pompeu Fabra).

Me'ls vaig imaginar com una parella jove i enamorada, uns pagesos ingenus que compartien el somni de tenir un negoci pròsper a la ciutat, un negoci que els permetés tenir una gran família, moltes criatures en una casa feliç. Tot això m'ho invento, esclar, però m'agrada imaginar-me'ls així.

El cas és que, a Figueres, es van instal·lar en un pis molt cèntric, al carrer de Monturiol, a prop de la rambla (per cert, he descobert per què no hi van els figuerencs: perquè hi ha tants ocells als arbres que és «perillós» passejar-hi, ja m'entens).

Al carrer Monturiol, el matrimoni Romeu Darné tenien per veïns un notari, però no un notari qualsevol: el notari Salvador Dalí i Cusí, és a dir: el pare del pintor!

Aleshores, quan els besavis Romeu els van conèixer, ningú no es podia imaginar que el seu fillet seria un dia un dels artistes més famosos del món, sense exagerar. Dalí era nascut l'any 1904, així que quan els besavis el van conèixer, posem que tingués cinc o sis anys.

La dona del notari, la senyora Felipa Domènech, era modista de barrets, un ofici que acabaria desapareixent més aviat que tard, però que sembla que en aquell moment permetia que guanyés una bona picossada.

Quan la senyora Felipa va conèixer els nous veïns, es va enamorar d'aquella parelleta simpàtica i espavilada, especialment de la Maria, que per edat podia ser la seva filla i va decidir considerar-la la seva protegida. Li demanava que l'ajudés al taller de barrets (aquí els cosins Romeu van fer-hi molta broma, perquè es veu que a Catalunya «casa de barrets» és una manera de dir prostíbul) i li donava uns diners que els ajudaven prou a arribar a final de mes sense tanta dificultat.

La Maria era diligent i eixerida, així que la senyora Dalí hi confiava i cada vegada li donava més responsabilitats. La llegenda familiar diu que fins i tot una vegada la va enviar a París a veure les desfilades de moda perquè copiés alguns dissenys de barrets. Em costa de creure que aquella noieta de Bàscara, que no parlava francès i a penes castellà, acceptés viatjar sola a l'estranger. Però es veu que ho va fer i se'n va sortir molt bé.

De vegades també li demanava que es cuidés de la canalla, que els acompanyés a l'escola o que els entretingués a casa si ella havia de fer encàrrecs. I, pel que diuen, el nen Salvador no era precisament una criatura fàcil de portar. Era molt tossut i tenia idees extravagants, com és fàcil de deduir per la personalitat que va exhibir quan va ser adult. La nena, l'Anna Maria, en canvi, era dolça i riallera. Tots dos, però, s'estimaven molt la Maria.

I així arribem al pinyol de la història. Resulta que el dia que la Maria feia vint-i-cinc anys, la senyora Felipa va voler tenir un detall amb la veïna. Li va comprar un xal de seda de color blanc, amb serrells (nosaltres en diríem *mantón*). Perquè el regal fos més personal, va demanar al seu fill, en Salvador, que aleshores tenia uns tretze o catorze anys i ja es veia que dibuixava molt bé, que pintés a la seda del xal unes roses de color vermell. Devia ser preciós, no trobes?

La Maria (que ja tenia el seu primer fill, el nostre avi Antoni, nascut el 1916), no tenia gaires oportunitats per lluir el xal. No feien vida social, amb el seu marit, i ella es passava el dia treballant i cuidant el nadó a casa. Així que durant força temps, el xal de les roses va guarnir la casa del jove matrimoni Romeu. La Maria el posava damunt del sofà, o damunt del llum de peu perquè fes una claror més tamisada, o als peus del llit de matrimoni.

Vint anys després d'aquell regal va esclatar la Guerra Civil, que seria el motiu pel qual el nostre avi, amb vint anys acabats de fer, va marxar cap a l'exili i va acabar instal·lant-se a Mèxic. Els seus pares van haver de fugir de Figueres, que va ser una ciutat molt bombardejada. I del xal no se'n va saber res més.

Els cosins, com que saben aquesta història des de sempre, la tenen interioritzada. Però jo estic impactada. Tu no?

Ahir a la nit no em podia adormir pensant-hi.

Abraçades,

Gris

L'amor de la Gabriela

La Gabriela havia estat enamorada des de molt petita d'un cosí Azuera. Es deia Hugo i era molt ros, molt graciós i molt atrevit. La seva ment planejava contínuament entremaliadures que solien posar-lo en perill. Abans de fer els deu anys ja s'havia trencat mitja dotzena d'ossos. A totes les fotografies hi sortia amb algun membre enguixat, amb crostes als genolls, blaus i rascades per tot arreu. Aquella insolència —per més mal que es fes, sempre tornava a intentar-ho— el convertia en un heroi als ulls de les seves cosines petites.

Tots sabien que la Gabriela n'estava enamorada i sovint li prenien el pèl i cantaven cançons populars posant-hi els noms dels dos cosins. L'Hugo —tot i que era bromista de mena— no s'afegia mai a l'escarni. Tractava la Gabriela amb una gran delicadesa, la protegia i en tenia cura. Era difícil de saber si ho feia perquè coneixia els sentiments de la noia i no volia ferir-la o perquè, en realitat, li corresponia.

La relació especial entre els dos cosins es va mantenir fins i tot en l'adolescència, quan les noies van començar a pa-

pallonejar a prop de l'Hugo, que ja feia metre vuitanta i conservava el somriure encantador de quan era un infant.

La Gabriela no era una bellesa, però era una noia molt dolça i també tenia força èxit entre els nois de la colla que freqüentaven els cosins. Més discreta que les seves germanes, seduïa més aviat pel seu caràcter amable, sempre disposada a ajudar qui ho necessitava. Va estudiar infermeria i aviat va guanyar-se el respecte de pacients i companys.

Mentrestant, l'Hugo es divertia, s'arriscava i espremia la seva joventut. Va començar dues carreres i les va deixar a mitges i finalment va acabar treballant de cambrer, en l'ambient nocturn i festiu que li agradava.

La Gabriela esperava. Les seves germanes la pressionaven, convençudes que l'Hugo només la veia com una cosina estimada, la seva admiradora fidel. Però la paciència de la Gabriela no s'esgotava.

Si l'Hugo tenia un accident de moto i havia de passar uns dies hospitalitzat, la Gabriela es passava hores fent-li companyia. Quan va llogar un pis per independitzar-se, la Gabriela el va ajudar a pintar-lo i a moblar-lo. Si necessitava diners, ella n'hi deixava.

I un dia —ell havia complert els trenta, ella en tenia vint-i-sis—, en un dinar familiar a casa dels avis, l'Hugo va demanar silenci i es va posar dret, amb la copa de vi a la mà. Va dir que volia anunciar una cosa.

Els avis, pares i tiets van somriure (la mare de l'Hugo especialment, contenta que el seu fill hagués decidit posar seny d'una vegada). Les cosines, en canvi, van posar-se serioses. Les seves mirades anaven de l'Hugo a la Gabriela, de la Gabriela a l'Hugo. Ell somreia, amb els ulls brillants com planetes.

La Gabriela s'agafava al cantell de la taula, com si en qualsevol moment hagués de precipitar-se al buit. Els artells dels dits anaven empal·lidint fins a quedar del tot blancs.

L'Hugo, com tothom veia a venir, va anunciar que estava enamorat, que tenia xicota i que aviat la presentaria a la família.

La Gabriela hauria volgut xisclar, pegar-li, trencar totes les copes i que el vi negre s'escampés damunt de les tovalles, que hi quedessin grans taques fosques, de les que costa de fer desaparèixer.

Aquella noia no va ser la definitiva. Després d'ella, l'Hugo va tenir molts amors i cap no li va durar gaire.

La Gabriela, al cap d'un parell d'anys, es va casar amb el doctor Andrés Santamaría, un pediatre de renom, deu anys més gran que ella. I va cometre el pitjor error de la seva vida.

***

A les nits em costava agafar el son. Hi havia massa novetats, massa descobriments i emocions que em mantenien desperta. No parava de donar voltes a la història del xal pintat per en Dalí, i també estava obsessionada a reconstruir la història de l'exili de l'avi Romeu.

Els llibres que m'havia proporcionat la Teresa, la dona del cosí Joan, que era la bibliotecària de Figueres, van donar una empenta al meu interès. Tenia més o menys clar com havien anat les coses a grans trets, però m'hauria agradat conèixer el detall, la història personal de l'avi.

En saber la meva curiositat, en Joan Antoni em va donar l'adreça d'un conegut, Estanislau Bosch, historiador local i fill d'una família amiga dels Romeu de tota la vida. Pots provar sort, em va dir, deixant prou clar el seu escepticisme.

En Joan i en Pau es van oferir a acompanyar-m'hi, cosa que vaig agrair profundament. En Pau és molt obert, xerraire, molt simpàtic. Té trenta-tres anys, però un somriure de nen. En Joan, tot i que educat i amable, és més esquerp, gairebé taciturn; només parla molt de tant en tant, sovint per fer servir el seu humor esmolat.

Abans de fer la visita a l'historiador, vam anar al cementiri, on vam localitzar —després de no poques voltes pel recinte— la tomba dels besavis comuns. Al cementiri de Figueres s'hi entra per un camí vigilat per xiprers a banda i banda. A dins, tots els camins semblen iguals, però fer-hi un tomb va ser agradable. Anava repassant els cognoms escrits a les làpides, les fotografies dels morts, les flors que s'hi pansien.

Plantats davant de les làpides dels besavis, vam refer el nostre arbre genealògic, per aclarir els lligams que ens uneixen.

—O sigui, que el nostre pare i el teu eren cosins germans, no? Els seus pares respectius, per tant, eren germans. El nostre avi Isidre i el teu avi...

—Antoni.

—I el teu avi Antoni. I aquests dos eren fills d'en Joan i la Maria, que descansen aquí al davant nostre.

—Correcte. Els nostres besavis. I la Maria és la del xal.

—Exactament.

Feia un dia empordanès, segons van dir-me els cosins. Sol, una tramuntana freda i un cel d'un blau net, amb quatre núvols de formes capricioses, com pinzellades blanques.

—Oi que veient aquest cel no t'estranya que en Dalí pintés com pintava?

Caminàvem sobre la grava, que espetegava a sota del calçat, enmig del silenci dels morts.

Els vaig dir que jo admirava en Dalí des de molt abans de saber la història familiar:

—Dels catalans coneguts a tot el món, els meus preferits eren, per aquest ordre: Margarida Xirgu, Dalí, Gaudí... i després Pau Donés, Rosalía...

Els nois em van interrompre amb unes rialles estridents.

—Què passa?

—Dona, és que posar la Rosalía al costat de Gaudí...

Em vaig posar vermella i també vaig riure per, tot seguit, mig picada, preguntar-los:

—I, vosaltres, quants mexicans coneixeu, a més de Pancho Villa?

—Emiliano Zapata!

Vam tornar a riure tots tres.

—Va, de veritat, digueu...

—Frida Kahlo.

—Molt bé.

—Diego Rivera.

—Sí, esclar, aquests dos van en un pack.

—Chavela Vargas!

— Bé, no era mexicana però com si ho fos. Algun més?

—Mmm, espera't, aquella escriptora que llegeix la meva dona...

—Guadalupe Nettel?

—No.

—Ángeles Mastretta?

—Aquesta!

—És boníssima. A mi m'encanta.

El senyor Estanislau Bosch vivia en una casa de tres pisos, al carrer de Vilafant, amb la seva dona i tres gats —semblaven els tres reis, un de negre, un de blanc i un de ros— que es passejaven silenciosament entre les piles de llibres que omplien totes les estances.

El senyor Bosch ens va fer passar al seu despatx, una habitació assolellada al final d'un passadís, presidida per un escriptori de fusta fosca, ple a vessar de papers i carpetes de totes les mides.

Era un home molt gran, calb i baixet, amb unes ulleres que li encongien els ulls clars. Amb les mans tremoloses de dits estrafets per l'artritis, ens va anar assenyalant els quadres que omplien les parets del despatx: aquest és un Sibecas, aquest és d'en Ramon Reig, aquella dona amb gavardina és d'en Lluís Vayreda... I finalment:

—Doncs vosaltres direu, vailets...

La dona de l'historiador, una velleta somrient i poca cosa, ens havia portat una safata amb una cafetera i unes tasses.

—Serviu-vos vosaltres mateixos, feu el favor.

El seu home, impacient, va insistir:

—Vosaltres direu...

Era evident que estava enfeinat i no volia perdre gaire temps amb les preguntes d'aquells desconeguts.

En Joan va trencar el gel:

—La Gris és una cosina nostra, de Mèxic. Filla d'un cosí germà del pare. El seu avi es va exiliar l'any 39...

—Com tants catalans!

El vellet havia interromput, irritat.

—Sí, esclar, esclar. Doncs el seu avi va morir fa anys i la Gris voldria saber-ne algunes coses, a veure si vostè en tingués informació...

El senyor Bosch, en silenci, anava remenant carpetes. Ens va semblar que era un altre gest per demostrar la seva impaciència, que ni tan sols ens escoltava. Però tot d'una, adreçant-se'm directament, va preguntar:

—I com es deia el teu avi, Cristina?

Vaig somriure.

—És Gris, de Griselda.

El vell va remugar. No estava per aquestes bestieses.

—I el teu avi?

—Antoni Romeu Darné.

El vell va remenar encara unes quantes carpetes. Va obrir un calaix i en va agafar uns papers. En va desar uns fulls a dins de la carpeta del damunt. Els tres convidats l'observàvem en silenci. De lluny, sentíem el soroll dels cotxes, però a dins de la casa el silenci era gairebé absolut. Em feia angúnia fer un glop de cafè per si se sentia com me l'empassava.

Finalment, l'Estanislau Bosch va parlar:

—Antoni Romeu Darné. Fill del botiguer Joan Romeu Aldrich. Era el gran de dos germans. Havia estudiat per fer de mestre. Tot i que ell era d'Esquerra Republicana, crec que va marxar amb la gent del PSUC. Ho hauré de confirmar, tot això... però ho trobaré, estic segur de tenir-ho en alguna d'aquestes carpetes.

Jo me'l mirava amb els ulls esbatanats. Ni en el millor dels meus somnis hauria imaginat que l'Estanislau Bosch situés tan ràpidament el meu avi. Que el recordés. Finalment, vaig gosar fer la pregunta que em rosegava:

—Però per què va haver de marxar? Què havia fet?

El senyor Bosch em va mirar pel damunt de les ulleres. Era una mirada condescendent i divertida:

—Que què havia fet? M'entens si parlo en català, oi, noia?

Doncs el teu avi era d'esquerres, militava en un partit d'esquerres. Amb això n'hi havia prou i de sobres per témer per la vida. Suposo que els seus companys el van convèncer que marxés. Al cap i a la fi, no estava casat i els seus pares tenien un altre fill que els podia ajudar. No tenia responsabilitats. Marxar era la millor opció. Ho van fer centenars de figuerencs.

Dit això, es va posar dret i vam entendre que donava la conversa per acabada.

—Dona'm un parell de setmanes, noia. Miraré la paperassa i et podré explicar algunes coses que t'interessaran. Vine'm a veure a... posem a final de mes. Entesos?

Els cosins em miraven, contents de veure'm contenta.

—Entesos, senyor Bosch! Moltíssimes gràcies!

Estimada Adriana,

Hem pogut reconstruir pràcticament tota la història de l'avi i m'he esperat a tenir tota la informació per escriure't.

Segons sembla, gràcies a un amic que militava al PSUC (el partit dels comunistes catalans), l'avi va poder incorporar-se a un grup que seguia les passes d'en Joan Comorera, aleshores màxim dirigent del partit, que havia passat per Figueres de camí cap a Olot i, d'allà, a Sant Pau de Segúries i Molló. Era el mes de febrer de 1939.

Van travessar els Pirineus i és fàcil d'imaginar que devien passar tota mena de penalitats físiques i morals. Tenien gana i fred (en ple hivern, a muntanya, potser hi havia neu i tot), i els peus llagats, i la majoria acabaven emmalaltint. També devien estar terriblement tristos i espantats: marxaven deixant enrere família, amics i projectes. No sabien quan podrien tornar, ni què els esperava a l'altra banda de la frontera. Ara, esclar, pensem en el nostre avi, però fes l'esforç de visualitzar un xicot jove, inexpert, que pràcticament no havia sortit mai del seu poble!

El que els esperava a França era un camp de concentració. T'imagines? El govern francès havia improvisat els camps per a refugiats tancant un tros de platja, a Argelers i a Sant Cebrià. Les platges on ara van les famílies a passar el dia d'esbarjo, a prendre el sol i banyar-se... era en aquella mateixa sorra on el nostre avi passava els dies i les nits, ves a saber en quines condicions. En poc temps s'hi van reunir uns vuitanta mil refugiats.

El senyor Bosch no està segur d'on va anar a parar l'avi. El que sí que sap és que s'hi va estar poc temps, per sort. El mateix amic del PSUC que li havia facilitat el pas a França va convèncer l'avi per escapar del camp passant per sota de les filferrades. Podien anar a casa d'un parent seu que vivia a Tolosa.

A Tolosa, es van posar en contacte amb el SERE (Servicio de Evacuación de Refugiados Españoles) i van saber que aquesta organització estava preparant vaixells per portar els exiliats fins a Mèxic, un dels països que acceptaven refugiats.

L'avi va embarcar-se en el *Mexique*, que va sortir de Bordeus el 27 de juliol, amb un miler de refugiats a bord, i va arribar al port de Veracruz vint-i-tres dies després. Em faig preguntes que potser són absurdes, com si l'avi devia ser dels que es maregen a dalt d'un vaixell. Si fos així, no et fa mal pensar com devia ser aquella travessia per a ell?

La informació que ha pogut aconseguir l'Estanislau Bosch s'acaba aquí, amb l'arribada de l'avi a Mèxic. Però encara va poder afegir (ho va saber llegint la correspondència d'alguns exiliats amb els familiars catalans) que, a Veracruz, els refugiats van ser rebuts amb tota l'hospitalitat i simpatia que no havien demostrat, en general, els francesos. També especula que, tenint en compte que abans de la revolució Mèxic era un país d'analfabets, a l'avi, sent mestre, no li devia costar gens trobar feina en alguna de les moltes escoles rurals que s'hi estaven construint.

Com li vaig dir al senyor Bosch, mai no podrem estar-li prou agraïdes. Com a detall, li vaig portar una ampolla de garnatxa (un vi dolç molt apreciat) i un ram de flors que feia molt de goig per a la seva dona. Aprofitant que anava a la floristeria, també vaig comprar roses vermelles i les vaig anar a deixar a la tomba dels avis Romeu. M'agradaria que un dia m'hi poguessis acompanyar. T'estimo i t'enyoro, Adri!

Gris

La trobada amb l'Estanislau Bosch em va generar una alegria continguda, com si se m'hagués encès una llumeta a dins, que sentia que podria créixer i un dia, il·luminar el camí sencer. Però a mesura que passaven els dies, la flama va anar encongint-se.

Per una banda, la resposta de l'Adriana a la carta emocionada i eufòrica que jo li havia enviat va ser tèbia, sense cap entusiasme. No compartia la meva excitació, ans al contrari. Com més contenta em mostrava jo, més freda i llunyana es manifestava ella.

I hi havia encara un altre motiu per apaivagar la meva alegria: em vaig adonar que, a Figueres, l'únic lloc on hi quedava alguna cosa dels meus avantpassats era el cementiri. M'hauria agradat que hi hagués una casa, una casa amb unes golfes immenses i plenes de capses i baguls on pogués remenar i fer descobriments. Una casa on pogués sentir la presència dels avis i els besavis, el ressò de les seves converses, les seves olors arrapades a les parets. Una casa on hi haguessin mort i nascut membres de la meva família.

«Aquesta casa ja la tens.» Em semblava sentir la meva germana: l'Adri em diria, i no sense raó, que la casa dels Azuera, a Puebla, és la casa dels meus avantpassats. És la casa de la família des que la van construir, segurament més de dos segles enrere. Però allà hi havia només una part de la meva memòria i jo em sentia cada cop més incompleta, coixa.

Tanmateix, em preguntava: no era una bestiesa arriscar la relació —fins aleshores tan íntima i sense problemes— amb la meva única germana, per enfortir lligams amb uns cosins que acabava de conèixer i que, potser, no tornaria a veure mai més?

En el fons, sabia que el reclam que m'instava a quedar-me encara un temps a Catalunya no era tant la família com el propi país, el passat, la memòria.

Capítol V

Les germanes Azuera, quan eren petites

Quan va morir Frida Kahlo, l'any 1954, Mèxic vivia una dècada de canvis, de gran vitalitat cultural i de progrés econòmic. Les dones van aconseguir el vot i es van publicar grans obres literàries, com *Pedro Páramo*, de Juan Rulfo. A la ràdio, sonava amb insistència la veu de Lucho Gatica cantant «Bésame mucho».

A casa dels Azuera van ser els anys de creixement familiar. En els primers sis anys de la dècada van néixer quatre nenes i, després d'una pausa, l'any 1962, va arribar per sorpresa una cinquena nena, ara sí, l'última.

Tot el que tenien en comú físicament les germanes Azuera ho tenien de diferent en el caràcter. Aquesta peculiaritat no va impedir mai que les nenes s'avinguessin quan eren petites, tot i que no faltaven les baralles pròpies de germanes.

A la primera filla li van posar el nom de Flor, i va ser una nena tranquil·la i afectuosa. Li agradava dibuixar i fer pastissos. La segona, la Gabriela, va néixer ploranera, després d'un part llarguíssim, i va ser una nena rebel, però molt manyaga. Sempre buscava la falda del pare o de la mare per rebre carícies. La tercera, la Inés, era de llarg la més sensible i imaginativa. Explicava contes a les seves germanes i creava unes històries fabuloses amb les seves nines. La Camila, la quarta, era la més discreta, la més tímida i, sempre, la més estudiosa i brillant en els estudis. La més petita era l'Angélica, la joguina de les seves germanes, la pallassa. Les feia riure a totes imitant el seu pare, com es pentinava el bigoti o com encenia els cigars. No hi havia moment per a l'avorriment, a casa dels Azuera.

Quan jugaven —i sempre jugaven, hores i hores tancades a l'habitació de les dues grans, que era més àmplia— les personalitats de les nenes es definien, sempre acabaven sorgint i identificant-les, per més que el joc fos ple de fantasia.

La Flor, tot i ser la gran, mai no manava. Organitzava, això sí, posava pau quan hi havia baralles, però no decidia. La que decidia solia ser la Inés, perquè la seva imaginació prodigiosa era la que creava mons i històries, personatges i diàlegs.

De vegades arraconaven els dos llitets que, arrambats a les parets, eren les illes. La resta de l'habitació era mar. Hi havia hagut un naufragi i elles i les nines havien sobreviscut, però, alerta, l'aigua estava plena de taurons! La Inés i l'Angélica interpretaven la història amb tant de convenciment que, de vegades, la Gabriela acabava plorant de por.

—Les onades cada cop són més altes! Mireu, mireu, una aleta de tauró!

La seva mare sentia els crits des del passadís i obria la porta per preguntar si passava res. Just en el moment que feia la primera passa per entrar a l'habitació, les cinc nenes xisclaven:

—Vigila, que t'ofegaràs!

—L'aigua està molt freda!

—Vigila el tauró! Neda, neda cap aquí!

La mare reia i els deia que el berenar estava preparat a la cuina. Llavors totes s'oblidaven del mar i dels taurons. Saltaven del llit i corrien cap al passadís. Les sentia riure i, quan tancava la porta de l'habitació, li semblava sentir la remor de les onades.

Per berenar menjaven galetes amb melmelada de préssec, o pa amb xocolata negra, o el pastís que la mare havia fet al matí, de llimona i merenga, o de poma i crema, o de cireres confitades.

Al cap d'una estona arribava el pare. Les nenes anaven a rebre'l i li agafaven l'abric i la bufanda. Es posaven en filera, de la més gran a la més petita, amb les mans agafades darrere l'esquena. El pare feia un petó a la Flor, passava la mà pels cabells esborrifats de la Gabriela, feia un petó a la Inés, una manyaga a la Camila. A l'Angélica l'agafava a coll i entrava cap a dins. De vegades mentre el pare feia el cerimonial —era com un general que passava revista als soldats—, la Inés pessigava la Camila al braç i a la Camila se li omplien els ulls de llàgrimes. «No ploris!», li deia la Inés.

Caminaven rere el pare i la Camila donava un cop de peu a la seva germana, la Inés protestava. El pare es girava —amb la petita a coll— i totes quedaven mudes, quietes.

A la ràdio sonaven ranxeres i el pare les taral·lejava i s'asseia a la seva butaca. Les nenes desapareixien, sabien que no podien molestar-lo, era la seva estona de descans.

Una altra escena ritual a cals Azuera era al matí, quan el pare ja havia marxat a treballar i les nenes es preparaven per anar a l'escola. Un cop s'havien posat l'uniforme —una faldilla prisada de color gris, una camisa blanca i una armilla blau marí—, la mare les feia anar totes al bany. Es posaven —un altre cop— en ordre d'alçada (primer les quatre grans, quan l'Angélica va créixer una mica, també s'hi va afegir). Llavors es giraven i cada una donava l'esquena a la del seu darrere. La mare els anava raspallant els cabells, per desfer els nusos, per ordre d'edat. Totes tenien el cabell fosc i ondulat, però la Camila el tenia més fi que les altres i se li enredava molt. La Flor, en canvi, el tenia gruixut i brillant. I la Gabriela més encrespat. Quan totes estaven pentinades amb la cabellera que queia damunt de l'esquena, la mare deia: «Ja podeu començar». Cada nena agafava els cabells de la germana que tenia al davant, el dividia en tres, procurant que la partició fos anivellada, i començava a trenar-los. Quan arribaven al capdavall de la trena, la lligaven amb una goma i, damunt de la goma, amb una cinta de color blau cel, o rosa, o blanca, hi feien un llaç.

La mare se les mirava, tan netes i polides, tan ben pentinades. Estaven tan maques!

—Quan sortim al carrer, tothom que ens vegi dirà: Mireu, mireu que maques que són les nenes Azuera! I que ben pentinades que van!

Sempre què dirà la gent.

***

En els dies següents, com que no em podia treure del cap la història del xal pintat, vaig preguntar als cosins com era possible que ningú l'hagués buscat. La resposta va ser que tothom donava per descomptat que havia desaparegut durant la guerra.

—Desaparegut?

A desgrat de continuar notant les seves mirades, entre displicents i compassives, vaig insistir-hi.

—Probablement es va cremar. Al carrer de Monturiol, on vivien els besavis, i a tot el centre de Figueres, els bombardejos van ser molts i molt cruels. Els besavis, de fet, van marxar de la ciutat i van passar els últims mesos de la guerra al poble de Lledó, en una masia que va acollir unes quantes famílies.

—Però ningú no sap si la besàvia es va emportar el xal...

—Dona, quan et cauen bombes a dojo no crec que estiguis per carregar objectes innecessaris.

—Però no ho sabeu del cert, oi?

—No.

Els cosins van haver d'admetre-ho. No en sabien res, del xal, perquè mai no s'havien preocupat de saber-ne res. Per a mi, el xal havia esdevingut un objecte preciós i carregat d'història i volia trobar-lo.

—Si em proposés investigar on pot haver anat a parar, m'hi ajudaríeu?

Els cosins van fer que sí amb el cap, sense gaire convenciment.

El pare de família em va fer una abraçada d'os de les seves:

—Si això vol dir que et quedaràs una temporadeta per aquí, i tant que t'hi ajudarem!

Aquest era l'assumpte central. No podia passar més dies en un hotel. Els diners de l'avi havien minvat de manera significativa.

I, tot d'una, vaig sentir en Pau que deia:

—Pots instal·lar-te a casa meva, Gris. És un pis petit, però com que m'hi estic jo sol, hi cabrem perfectament. Pots quedar-te la meva habitació i jo dormiré al sofà. Sense problemes.

Vaig acceptar l'oferiment després de rumiar-m'ho unes hores. Quan ho vaig dir a l'Adriana, em va semblar que el seu to de veu s'havia endurit tot d'una. Vam tenir una conversa telefònica breu perquè totes dues teníem ganes d'acabar-la. L'endemà passat, instal·lada a casa d'en Pau, vaig escriure-li un correu llarg i afectuós que no va rebre resposta.

Estimada Adri,
Sé que no et fa cap gràcia que allargui la meva estada aquí. Però espero que facis un esforç per entendre'm. Aquest país, la família Romeu, el xal misteriós, tot això em tiba cap al costat positiu, talment com si m'haguessin lligat una corda entorn del cos i m'estigués esforçant per sortir del fang. Puebla i Mèxic sempre seran casa meva, però ara mateix, representen tot allò que m'enfonsava i m'enfonsava...

Estic segura que si coneguessis els nostres cosins també t'hi sentiries bé. Són una gent molt amable, que m'han acollit i que, probablement, han detectat el meu estat d'ànim tan fràgil i només volen ajudar-me.

D'altra banda, tot el que vaig descobrint m'acosta a l'avi Antoni i em sembla que l'hi dec. És com si ara tingués l'oportunitat de rescabalar-lo de totes les vegades que ell volia explicar-me coses i jo no li feia cas.

No saps com hi penso cada vegada que sento algun renec dels que feia servir. Te'n recordes, que el català només el feia servir quan s'enfadava? Sento «casumtot» o «malparit» o «fes-te fotre», i és com si el tornés a tenir a prop.

La família Romeu és tan família nostra com els Azuera. Això és una realitat incontestable.

La teva Gris.

L'Adriana no va ser l'única persona a qui els meus plans no van agradar. La xicota del meu cosí Pau, l'Àlex, tampoc no va veure de bon ull que els dos cosins (llunyans) compartíssim pis. A mi, la veritat, mai no se m'hauria acudit que podia haver-hi alguna relació més enllà de l'estrictament familiar, amb en Pau. Però la Teresa, amb qui havia intimat a còpia d'anar sovint a buscar llibres de consulta, va advertir-me dels sentiments de l'Àlex.

—No t'hi facis mala sang. És una noia molt insegura, i no és la primera vegada que tenen problemes per un assumpte de gelosia, aquests dos.

Tot plegat no col·laborava en la meva tranquil·litat d'esperit, però les ganes que tenia de quedar-me i d'investigar el misteri del xal de la besàvia Maria van poder més. Em sabia greu incomodar l'Àlex i fer patir la meva germana (al cap i a la fi, totes dues víctimes d'aquesta malaltia anomenada gelosia), però estava segura que no feia res mal fet i vaig seguir endavant amb els meus plans.

El pas següent era anar a Lledó a localitzar la masia on s'havien refugiat els besavis Romeu durant la guerra. També m'hi va acompanyar en Pau. No va ser gaire difícil trobar un fil per estirar: vam començar preguntant al mossèn del poble i vam encertar-la a la primera.

El mossèn va saber de seguida per quina masia demanàvem.

—Sí, i tant. Segur que era Can Borrell. Era propietat d'una família molt coneguda i ben situada econòmicament. Les dues famílies més importants de Lledó eren els Borrell i els Vayreda, que també tenien un gran casalot. En Pere Borrell era un home molt d'esquerres, amb uns principis molt sòlids, i tan bon punt va començar la guerra va oferir la casa, de grans dimensions, per poder ajudar tanta gent com fos possible.

El capellà m'havia contestat en castellà i, per més que vaig insistir-li que entenia el català, cada vegada que se m'adreçava, canviava d'idioma.

—I encara pertany a aquesta família, la masia?

—No. Va ser declarada Patrimoni Arquitectònic i la va comprar l'Ajuntament. Ara és una casa de cultura, s'hi fan exposicions de tota mena i presentacions de llibres.

—I qui ho porta?

Ho portava una jove historiadora de l'art, nascuda a Lledó, que havia tornat al poble després d'haver-se format a París i a Ginebra.

—És una noia molt espavilada, una gran entesa, hauria pogut fer carrera a Barcelona o a qualsevol capital europea, però com que es va casar amb un noi del poble —precisament un Borrell— i van tenir criatures de seguida, va estimar-se més tenir una vida tranquil·la i aquesta feina li permet compaginar-ho tot.

Abans d'anar a buscar-la, vaig voler veure una mica de Lledó. Tot i que, per descomptat, devia haver canviat molt de la guerra ençà, pensava que podria fer-me una mica d'idea de com era el poble quan hi van anar a parar els besavis.

El nucli antic, construït al voltant de l'església de Santa Maria, em va semblar molt bonic, amb carrers estrets de fort pendent, places petites i alguns passadissos coberts per voltes de canó que comuniquen amb les cases del nucli, de reminiscències medievals.

Lledó, com Figueres i altres pobles catalans que havia visitat, no tenia res a veure amb els petits pobles de l'estat de Puebla, amb les cases de planta baixa, blanques o pintades de colors vistosos, i els carrers empedrats.

—Mira, és aquí. Viu aquí.

Ens va obrir la porta una noia que semblava adolescent, amb un nen a coll —una cama a cada banda del cos— i un altre una mica més gran agafat a la cuixa dreta. Duia els cabells recollits en una cua de cavall i vestia uns texans i una camisa ampla, de color blau turquesa.

—Clàudia?

—Sí, digueu-me!

Tenia un somriure franc i un accent empordanès que em va espantar una mica. Vaig pensar que no la podria seguir. Però parlava a poc a poc i, sobretot, era l'amabilitat personificada.

Va escoltar la història del xal embadalida, però la seva expressió deixava ben clar que era la primera vegada que en sentia a parlar.

—Ostres, seria meravellós tenir-lo, de veritat. M'agradaria poder-vos ajudar, però tot el que hi havia a Can Borrell es va inventariar quan l'ajuntament va comprar la masia i mai no n'he sentit a dir res, d'aquesta peça. Devia ser preciós...

Ens va acompanyar i vam recórrer totes les estances de la casa, que era enorme i preciosa i estava rehabilitada amb molta cura.

—Mira, Gris, no et desanimis, almenys hauràs pogut conèixer una autèntica masia catalana —em deia en Pau, perquè em veia cara de pomes agres.

—Ningú podia pensar que seria tan fàcil trobar-lo —vaig admetre—, però jo mantenia un fil d'esperança.

Quan estàvem a punt d'acabar la visita, va aparèixer un home gras i calb, que va resultar ser l'oncle avi de la Clàudia.

—Si ell no en sap res, ens podem donar per vençuts —va assegurar ella, mentre ens el presentava—. És una enciclopèdia amb potes, ho sap tot de la història de Lledó.

El vam escoltar, anotant algunes coses als mòbils, mentre ell exhibia la seva memòria privilegiada.

—En aquesta casa hi van passar temporades una pila de famílies, algunes venien de Figueres, d'altres de Llers o de Roses, fins i tot van venir unes setmanes una gent de Barcelona, que eren parents d'algú del poble. Hi vivien tots en comunitat i de vegades la casa semblava un campament de gitanos (l'home reia, amb un riure gruixut i cavernós, sense tenir cap mirament amb el llenguatge políticament correcte).

Mentre me l'escoltava, passejava els ulls pels murs de pedra de la casa, per les rajoles de tova del terra, per la volta al sostre de l'entrada. Quina por devien passar la gent que s'hi va amagar! Quants laments i anhels guardaven aquelles parets? Quantes nits d'insomni, quantes rialles de criatures innocents, alienes als sofriments dels seus pares!

Tot d'una, vaig sentir que el vell pronunciava els noms dels meus besavis i vaig notar que el cor em feia un bot.

—Els Romeu, els vostres avantpassats, van fer una bona amistat amb la meva família. A casa n'havia sentit a parlar força perquè es veu que ell era un home molt *charmant* i ella una dona molt bonica i delicada, i que s'estimaven molt. Això deien, a casa.

En Pau i jo ens vam mirar i vam somriure. Era agradable sentir a dir coses com aquestes dels nostres besavis.

—I dels fills, se'n recorda d'alguna cosa, dels fills?

—Em sembla que tenien un xicot que era mestre, oi?

—El meu avi Antoni.

—I un altre de més jovenet...

—El meu avi Isidre.

—Doncs això.

—El meu avi Antoni va marxar cap a l'exili en acabar la guerra. Primer a França i després a Mèxic.

—Ah, esclar, per això tu, a més de guapa, ets mexicana!

Vam riure. Em feia gràcia veure aquell vell xaruc tirant-me la canya.

—Es veu que hi havia dies que s'ho passaven prou bé, no us penseu. Feien foc i s'ajuntaven les famílies per explicar contes o jugar a cartes. I de tant en tant hi havia sarau, perquè les mares es barallaven pel menjar. Totes volien alimentar bé els marrecs, que tenien gana. També tenien una ràdio i així podien saber com anaven les coses. Que anaven malament, esclar.

—I quan van marxar? Un cop acabada la guerra?

—Doncs no ho sé, pubilla, no us ho puc dir.

Ens vam quedar tots en silenci. I llavors va ser quan aquell home tan amable, que s'havia posat dret amb ais i uis, va deixar anar:

—A casa meu encara hi ha una capsa plena de cartes que es van trobar aquí, a Can Borrell. Potser la va agafar la mare, que sempre va ser molt tafanera.

Vaig veure com la mirada de la Clàudia s'il·luminava.

—De veritat? No me n'havies dit mai res!

—Ara pla! Poc que m'ho ha preguntat mai ningú!

Vam decidir que primer dinaríem i a la tarda aniríem a veure la capsa de les cartes. Tornava a estar de bon humor i en Pau em mirava una mica espantat. Era molt probable que a les cartes tampoc no hi trobéssim cap pista del xal. Però, esclar, més valia allò que res.

Mentre dinàvem, en Pau em va ensenyar el seu mòbil: trucades perdudes de l'Àlex, 8; whatsapps, 14.

No sabia quina cara posar-hi ni què dir-li. Ell, en Pau, va aixecar els ulls al cel i va brandar el cap. Després va agafar aire i tot seguit el va deixar anar, amb una bufada llarga i sorollosa.

Immediatament, vaig pensar en el meu exmarit. En Darío. L'home que tantes vegades m'havia omplert el mòbil de trucades i missatges o m'havia rebut amb mala cara al vespre, si tornava a casa després que ell. L'home que em tafanejava el correu i em remenava els calaixos. El mateix home que em va deixar d'un dia per l'altre.

La història de la Gris i en Darío

S'havien conegut a la Universitat, on tots dos estudiaven Història. Ell feia un curs més i des del primer dia li va cridar l'atenció. Pel físic —era alt, amb el cabell molt negre, el cap ple de rínxols, els ulls foscos i ametllats, una veu molt greu i unes mans enormes— i pel seu caràcter de líder indiscutible, sempre dirigint les assemblees, organitzant les vagues i les manifestacions. Aleshores era president de Mèxic Vicente Fox, un populista de dretes que va afavorir polítiques neoliberals. La Universitat era una caldera que bullia tothora.

En Darío —com no es cansava de recordar a tothom qui volgués sentir-lo— era descendent d'un dels homes que va liderar la revolució mexicana, que va originar-se a Puebla.

Ho deia com si allò fos un mèrit seu i com si, després de sentir-lo, l'interlocutor l'hagués de tractar amb més consideració i respectar automàticament les seves idees.

Quan va trobar la seva primera feina com a professor, li va faltar temps per proposar matrimoni a la Gris, que va acceptar com si realment no existís la possibilitat de rebutjar-lo. Quina noia amb senderi de tot Puebla diria que no a casar-se amb l'atractiu i popular Darío Romano?

Un cop casats, en Darío va començar immediatament una campanya incessant per convèncer la Gris de tenir un fill. Va aconseguir-ho, però només per esgotament. Estava cansada d'escoltar —més aviat de sentir com qui sent ploure— els abrandats discursos del seu home sobre la continuïtat de la nissaga Romano i altres estupideses. Per no barallar-s'hi cada vegada que tenien relacions sexuals, va acabar acceptant fer-ho sense preservatiu. Però passaven els mesos i l'embaràs no arribava, i la Gris va acabar avorrint l'expressió de decepció d'en Darío cada vegada que li venia la regla.

De res no servia que ella es queixés que aquella obsessió per procrear estava arruïnant el seu matrimoni acabat d'estrenar. Cada vegada que en Darío la buscava, la Gris sospitava que el desig no hi tenia res a veure i que només es tractava de deixar-la embarassada.

A poc a poc, el seu desig també va desaparèixer. El desig sexual i el desig de tenir fills (que, en realitat, encara no havia tingut temps d'experimentar).

Un ginecòleg els va confirmar que el coll de l'úter de la Gris era defectuós —segurament de naixement— i que era molt improbable que pogués arribar a ser mare.

Per no suportar els laments constants del seu home, i

confiant que seria la solució a la tensió que anava creixent entre ells dos, la Gris va proposar adoptar. Les paraules d'en Darío —la Gris no les oblidaria per més anys que visqués— van ser aquestes: «No, de cap manera; no vull per a res una criatura que no porti la sang dels Romano». I quan ella, escandalitzada per la crueltat d'aquest raonament, va insistir-hi, el seu home va reblar el clau: «No siguis pesada; com que la culpa que no puguem tenir fills és teva» —la culpa, va dir, i la paraula es va quedar suspesa entre ells dos, com si s'hagués congelat— «em correspon a mi prendre la decisió, i la decisió està presa: no tindrem fills i s'ha acabat la discussió».

A partir d'aquell dia, ja res no havia de tornar a ser igual. En aquell home, la Gris ja no hi veia l'estudiant seductor que la va enamorar. La idea de separar-se'n va començar a créixer a dins seu i primer va ser un pinyolet, després una bala de vidre, més endavant un os d'alvocat. La idea creixia i creixia, i la Gris sabia que arribaria un moment que hauria d'expulsar-la per poder respirar. Però sabia quina seria la reacció d'en Darío i de tota la seva família i se li feia una muntanya fer el pas.

Així van passar quatre, cinc anys. La seva germana va advertir-li que a tota la ciutat corrien rumors sobre les infidelitats d'en Darío, però la Gris s'estimava més ignorar-ho. Feia la seva vida, el seu marit feia la seva, i havia arribat a acostumar-se a aquesta mena de fals matrimoni.

Però llavors va començar a treballar a l'Arxiu Nacional, on va conèixer una colla d'historiadors i arqueòlegs que van aportar llum i alegria a la seva quotidianitat.

Puebla, tot i ser una ciutat gran, era un niu de tafaners, i en Darío no va tardar a rebre informacions. Havien vist la seva dona dinant en una taverna, o passejant pel parc o a la bolera. Sempre amb un grup de gent jove com ella. Semblava passar-s'ho molt bé.

En Darío va començar a controlar-li els horaris, a sotmetre-la a interrogatoris, a regirar-li el correu. La convivència es va fer insuportable.

El vespre que, finalment, li va dir que volia separar-se, en Darío va limitar-se a obrir una ampolla de tequila.

—Fantàstic. Jo també volia proposar-t'ho.

—Així, hi estàs d'acord?

—I tant! Tan aviat com sigui possible.

Aquella impaciència la va agafar per sorpresa. Va titubejar, però ell no li va deixar dir res.

—La Matilde està embarassada, així que no hi ha temps per perdre.

No havia sentit a parlar de cap Matilde. Però com que el veia venir i no volia donar-li el gust, no va preguntar-li res.

—Entesos. Marxaré avui mateix.

Va sentir que la sang li bombejava molt fort a les temples, als canells i a dins del pit, però no estava segura si era perquè en Darío havia ferit la seva dignitat o per l'emoció de saber-se, per fi, lliure.

Capítol VI

Hola, Adri!
Tinc una sorpresa per a tu. A Lledó, un home més vell que Matusalem ens va portar a casa seva per ensenyar-nos una capsa plena de correspondència. Eren cartes que hi havien deixat les famílies que s'hi van estar durant la guerra. I n'hi havia una que anava adreçada a la Maria Darné, la nostra besàvia.

Volguda Maria,

Quina alegria m'ha fet rebre notícies teves, vostres. Quin fart de patir ens procura aquesta maleïda guerra!

Ahir vaig anar al vostre pis del carrer de Monturiol, seguint les teves instruccions i fent servir les claus que m'havies deixat abans de marxar. De moment està tot com ho vau deixar, però vau fer molt ben fet d'anar-vos-en perquè els bombardejos aquí a Figueres són terribles i passem molta por.

Vaig remenar per tot el pis, amb la llista de coses que em vas escriure a la mà, per no descuidar-me res. I crec que ho tinc tot. Els dos llibres, les arracades de maragdes de la teva mare i les medalles d'or, les ulleres del teu home, el xal pintat i el joc de llit brodat amb les inicials. És clar que encara hi queden moltes coses de valor, però no m'ho puc endur tot i, segons m'escrius, aquestes coses de la llista són les que et sabria més greu de perdre.

No pateixis. Me les he endut a casa i les he guardat a les golfes, ben embalades a dins de la meva caixa de núvia. De fet, espero que no et sàpiga greu, ho vaig guardar tot tret d'un dels llibres, que em ve molt de gust llegir. Quan ho hagi fet el guardaré amb les altres coses. És el d'«Alícia en terra de meravelles», que no sabia que es pogués llegir en català. És un llibre preciós, amb uns dibuixos que em tenen enamorada. Entenc que el vulguis conservar. No has de patir per a res.

La teva cosina que t'estima,

Clareta

Ho veus, Adri? Hem trobat la pista del xal! És un autèntic miracle. Estic tan contenta! Bona nit.

Però només havíem trobat això: una pista. Res no feia pensar que el xal encara existís i que poguéssim localitzar-lo. De moment, l'objectiu era aclarir qui era aquesta cosina Clareta, localitzar-ne algun descendent, esbrinar a quina casa vivia durant la guerra i si aquesta casa encara estava dempeus... una feinada.

L'endemà d'haver escrit a la meva germana, vaig fer cap a la biblioteca. Sabia que a la Teresa li agradaria llegir la carta de la Clareta, com així va ser. Totes dues vam passar una bona estona fent recerca sobre la meravellosa traducció que Josep Carner va fer del clàssic anglès.

—Que boniques, les il·lustracions de la Lola Anglada! —deia la Teresa, embadalida.

—Qui és la Lola Anglada? —preguntava jo—. I qui és en Josep Carner?

Vam dinar juntes i la Teresa em va regalar una autèntica

classe magistral sobre el poeta i sobre el Noucentisme català.

—Per cert! Ara que ho penso! En Carner va viure a Mèxic!

—De veritat?

Semblava que per un estrany atzar tot havia d'acabar lligant.

—Es va haver d'exiliar?

—Sí. És a dir, primer havia viscut a diversos indrets del món, fent de diplomàtic, i després del 39 va començar un exili forçós primer a Mèxic i després, crec que a Bèlgica.

Vaig moure els meus contactes, via skype, per telèfon, escrivint correus, per investigar sobre l'estada de Carner a Mèxic. Els meus amics i coneguts (un professor, una companya de l'Arxiu, una historiadora del Casal Català) van informar-me que el poeta va tenir un paper decisiu acollint i ajudant els refugiats catalans que anaven arribant a Mèxic acabada la guerra. L'escriptor Pere Calders, sense anar més lluny (i a Calders sí que el coneixia i l'havia llegit), va arribar a Mèxic amb una carta de recomanació de l'escriptor Francesc Trabal adreçada a Carner.

Josep Carner va viure cinc anys a Ciutat de Mèxic. Vaig poder reunir força informació sobre les activitats diverses que el poeta va dur a terme al meu país i vaig prendre nota dels poemaris més importants de la seva producció, per llegir-los més endavant.

Després de Mèxic, efectivament, Carner va anar a viure a Brussel·les, on va morir l'any 1970, encara amb passaport mexicà. El seu fèretre va ser cobert amb la senyera.

Va ser aquest detall —la senyera damunt del fèretre— que em va fer pensar en el meu avi Antoni. Quan va morir, a ningú no se li va acudir que potser hauria volgut una senyera damunt del taüt. Cert és que ell no ho havia dit mai.

Era possible que, tants anys després, amb tota una vida feta a Mèxic, aquell home, aquell català arrencat de casa per una guerra cruel, desitgés recordar a l'últim moment el país que —de ben segur— duia a dins del cor? Fet i fet, ja no hi havia remei. Ni bandera mexicana ni bandera catalana. El fèretre de l'avi només s'havia cobert amb un ram de flors blanques.

I, potser perquè havia pensat en flors, el cas és que en la meva ment va aparèixer la imatge d'un taüt cobert amb un xal de seda blanca, decorat amb unes grans roses.

Era el meu, aquell taüt?, vaig pensar, amb un mig somriure.

La Gris i l'Adriana: agafades de la mà

Hi ha una fotografia de quan són petites —la Gris deu tenir sis o set anys, l'Adriana un parell menys—. Porten uns vestits de màniga curta, amb niu d'abella a la zona del pit i cos una mica acampanat. El de la gran és de color groc, amb el collet i el rivet de les mànigues de color rosa. El de la petita, a la inversa, rosa pàl·lid amb el coll i dels rivets grocs.

Estan dretes i agafades de la mà. La Gris mira fixament a l'objectiu, amb un gran somriure, i l'Adriana gira el cap i mira amunt, a la seva germana. És una mirada d'admiració, d'adoració absoluta, com només una germana petita pot mirar la seva germana gran.

Totes dues recorden aquells anys, quan la gran feia i desfeia, decidia i donava ordres. També protegia, consolava i donava consells. La petita imitava la germana tant com podia, buscava la seva aprovació i acceptava sense dir ni piu tot el que la gran disposava.

Després, a l'adolescència, la relació va canviar. La Gris sentia de vegades com un llast la devoció de la petita, no hi tenia tanta paciència. I l'Adriana vivia en el dilema de voler assemblar-se a la germana a la vegada que començava a qüestionar el seu lideratge. Van ser els anys de les baralles per la roba, de les confidències sobre els primers enamoraments, de la complicitat per fer front a l'autoritat paterna.

Quan la petita va encetar la dècada dels vint anys, les distàncies entre elles es van escurçar. Ja eren dues dones adultes i compartien lectures —Jane Austen, Ángeles Mastretta, Isabel Allende—, la música —Leonard Cohen, Franco Battiato, l'adoració per Georges Moustaki heretada del seu pare—, el cinema i el teatre —seguint les recomanacions de la tia Inés.

Aleshores, una tarda d'agost que la Gris estava llegint a la galeria de casa, amb el sol escalfant-li les cames, com li agradava, va sentir la veu de l'Adriana que pronunciava el seu nom, fluix, molt fluix. Gris. Es va girar i la va veure allà dreta, al pas de la porta. La llum de la posta li il·luminava el rostre i la pell s'enrossia. Els ulls —li va semblar que era l'enlluernament que els humitejava, però eren les llàgrimes— se li veien més clars que mai, d'un castany gairebé daurat. Encara vivien totes dues a casa dels pares. La Gris devia haver fet els vint-i-cinc.

Amb el cap girat cap a ella, li va oferir un somriure com a resposta. Ella va tornar a dir: Gris, amb el mateix to, sense ànima.

La germana gran es va posar dreta perquè en aquella manera de dir el seu nom hi havia vist un indici de calamitat.

—Què passa, Adri?

Havia deixat la mà suaument damunt del braç de la germana. Va tornar a mirar-la i va veure-hi una nena petita que havia tingut un disgust. Tancava una mica l'ull dret i la boca se li enfilava per la comissura. Les ninetes li tremolaven. La mirada d'abans del plor.

Llavors l'Adriana es va limitar a agafar la mà de la Gris i la va portar fins a la part baixa del coll, a tocar de la clavícula. Els dits van trobar de seguida el bony, un cigró petit i dur. Hauria volgut apartar la mà de pressa, com si la pell cremés, però va deixar els dits quiets un moment i va iniciar una carícia, amb un moviment minúscul.

El dia que la biòpsia va confirmar el pitjor dels diagnòstics, els pares van quedar-se aclofats al sofà, com si tot d'una fossin dos vellets espantats. L'Adriana els va besar abans d'anar-se'n a l'habitació que compartien totes dues —els dos llits bessons, les marededeus a les capçaleres, les vànoves blaves, una estètica clarament infantil— i la Gris va seguir-la.

Cadascuna des del seu llit, com quan eren petites, van agafar-se la mà. Els dos braços penjaven com fils de llum. L'habitació era gelada i tenien fred. S'estaven en silenci fins que la Gris va dir, amb veu de germana gran: No et deixaré anar, Adri. I es van adormir encara amb les mans agafades.

***

Estimada Gris,

Espero que no et sàpiga greu que t'ho digui, però crec que t'has trastocat. Banderes damunt de taüts? Des de quan pateixes aquest fervor nacionalista? Jo, t'ho dic des d'ara per si em moro abans que tu, no vull cap bandera. Ni la mexicana, ni la catalana, ni cap altra. Si fas una bestiesa com aquesta, el Dia dels Morts vindré a buscar-te i t'arrossegaré amb mi fins a la tomba.

Quan penses tornar? Aquí tothom em pregunta per tu. La mare, no cal dir-ho. Sé que quan hi parles per telèfon et diu que no tinguis pressa, ja saps com és: no vol pressionar-te ni interferir en la teva vida. L'altre dia em deia que l'únic que li importa és que t'hagis tret del damunt aquell cabró del Darío. Però jo sé que et troba a faltar.

Les ties al·lucinen tant com jo. Bé, totes tret de la Inés que, ja ho sabem, té debilitat per tu i no permet que et fem ni la més mínima crítica, ni un retret. D'altra banda, ha quedat captivada amb la història del famós xal d'en Dalí. Ja saps com és: qualsevol història romàntica la sedueix. Diu que un dia va visitar la vella actriu Lupe Villaurrutia (saps qui vull dir? Una que va fer durant anys de dolenta en una telenovel·la que passava a Cozumel), doncs que la dona tenia una casa imponent, amb un gran saló. I al saló hi havia un piano de cua i, damunt del piano, la diva hi tenia un *mantón de manila* que havia comprat a Andalusia, de color negre, amb unes grans flors brodades de color blanc. La veritat és que devia ser molt bonic. Doncs ara, a la Inés, se li ha ficat al cap de comprar-se un piano (no podrà ser de cua perquè a casa seva no hi cabria) i no el vol per tocar-lo (a penes sap alguna cançó tradicional de memòria), el cas és que hi pugui posar un xal al damunt. Diu que quan ho va veure a casa de l'actriu va quedar-ne enamorada i que no hi havia tornat a pensar mai més, però que ara, amb la teva història, se li ha revifat el desig. I ja saps com és: si es proposa una cosa no para fins a aconseguir-la.

No sé per què t'explico tot això. És tardíssim i vaig molt

necessitada d'hores de son. La meva filla és una preciositat, però es desperta cinc i sis vegades cada nit.

Me'n vaig al llit.

Adri

Atès que, ni el meu avi ni el seu germà Isidre (l'avi d'en Pau i dels seus germans) no havien parlat mai del xal de la besàvia, vaig començar-me a convèncer que, per alguna raó, els objectes que la cosina Clara havia rescatat del pis del carrer de Monturiol mai no van tornar a mans dels seus propietaris.

—Potser —especulava parlant amb els cosins— la besàvia va decidir agrair el favor a la seva cosina regalant-li el xal.

—O, qui sap —fabulava algú altre més malpensat—, potser les cosines es van barallar i la Clara va decidir no retornar ni el xal, ni el llibre d'*Alícia en terra de meravelles* ni cap altra cosa.

De qualsevol manera, el pas següent semblava clar: calia trobar informació sobre la cosina Clara i els seus descendents.

Amb l'ajuda del senyor Bosch, aviat vam poder lligar caps. La famosa cosina es deia Clara Arderiu i havia mort l'any 1972. S'havia casat amb l'Eusebi Fornells i havien tingut tres fills: la Clara, l'Eusebi i en Josep.

Dels tres fills, l'Eusebi va morir de petit i en Pep havia estudiat per a veterinari a Saragossa i s'hi havia quedat a viure. De manera que l'única filla, la Clara, va ser qui es va quedar a Figueres. Dels set fills que va tenir, només el petit encara és viu. Es diu Enric i té vuitanta-sis anys. Calia trobar-lo i preguntar-li si sabia alguna cosa dels objectes que la seva àvia havia rescatat de casa de la Maria Darné.

Com que en Pau estava enfeinat, aquesta vegada em van acompanyar el seu germà Lluís i la seva dona, la Marga.

En Lluís és, segurament, el més formal dels germans. Molt ben educat, amabilíssim, sembla destinat a qualsevol feina que consisteixi a cuidar algú. Va estudiar infermeria i actualment és el subdirector d'una residència per a la gent gran a Garriguella. La seva dona és professora d'idiomes en una acadèmia de Figueres. És una dona pràctica i decidida, més oberta que el seu marit. Fan bona parella.

L'Enric ens esperava amb un petit esmorzar preparat i, tot i que per telèfon li havíem avançat de què es tractava, va confessar-nos immediatament que la visita l'intrigava molt. Malgrat la seva edat, encara es movia amb prou agilitat i va servir-nos ell mateix el cafè. Quan va deixar-se anar al sofà, però, els vuitanta-sis anys van caure a pes i recordo que vaig pensar que passaria treballs per aixecar-se.

—Així, som parents llunyans? —va ser la pregunta amb què l'amfitrió va encetar la conversa (en castellà, naturalment, i un altre cop vaig haver d'insistir que tornés al català).

Vam trigar a respondre: ni el meu cosí ni jo teníem clara la resposta.

—A veure: la Gris i jo som fills de dos cosins germans, nets de la Maria Darné. La nostra besàvia i la seva mare eren cosines germanes. Així que sí, encara que sigui de lluny, som família.

En Lluís havia deixat damunt de la taula una fotocòpia de la carta trobada a la masia de Lledó. L'home no va fer intenció de llegir-la. Es va quedar en silenci, mirant-nos ara l'un ara l'altra. Tot d'una, sense previ avís, va deixar anar un esgarip:

—Concepcióóó!

I va afegir, amb sornegueria:

—En qüestions de família, la meva dona hi entén més que jo.

La Concepció va aparèixer al cap d'una bona estona, fent passes petites i arrossegant les sabatilles damunt del marbre. Duia unes ulleres molt gruixudes i em va semblar que pràcticament no s'hi veia, perquè anava palpant els mobles per avançar.

Sense fer les presentacions ni deixar-li dir bon dia, l'Enric va disparar:

—Concepció, a tu et sona una cosina de la meva mare que es deia Maria... com heu dit? Darné? Maria Darné?

La seva dona va brandar el cap, amb un somriure entre condescendent i afectuós:

—Que n'ets, de brètol! I esclar que em sona: la Maria Darné era aquella cosina que vivia al carrer de Monturiol. La teva mare en parlava sovint. Però no sé què va passar, després de la guerra... ja pots comptar... coses de la política. Les dues famílies es van barallar i ja no es van veure més. I em sembla que la teva mare ho va patir molt, perquè se l'estimava, aquesta cosina...

El meu cosí Lluís va agafar la carta, que havia quedat oblidada damunt de la taula de centre, i la va ensenyar a la senyora Concepció. Com que la dona va fer un gest que deixava ben clar que no s'hi veia prou, en Lluís va començar a llegir-la en veu alta.

En acabar, el vell va picar-se amb les mans a les cuixes, com se sol fer quan te'n recordes d'alguna cosa que has oblidat.

—Ara! Ara sé qui voleu dir. És veritat que la mare en parlava, d'aquesta Maria. I me'n recordo que, quan vam buidar la casa dels pares, va dir que en aquella caixa de núvia que hi havia a les golfes encara hi havia algunes coses que eren d'aquesta cosina... no te'n recordes, Concepció? El meu germà gran es va voler quedar aquell llibre tan bonic, que tenia il·lustracions...

—*Alícia en terra de meravelles* —vaig apuntar.

—Doncs deu ser aquest, no me'n recordo pas, jo, del títol... i les meves germanes es van barallar per les joies i perquè totes tres volien quedar-se un xal que hi havia.

Aquí, el silenci del menjador de la casa es va fer més intens. En Lluís, la Marga i jo creuàvem mirades d'èxtasi i el vell matrimoni ens observava, inquiets i curiosos, sense saber on volíem anar a parar.

Finalment, vaig llançar-me a formular la pregunta que tots esperaven:

—I ho sap, se'n recorda, de qui se'l va quedar, al final, el xal?

Es va sentir un soroll al passadís i un gos petaner va entrar al menjador i va anar a llepar les mans del vell, que el va acaronar xiuxiuejant-li paraules amoroses. El gos remenava la cua i l'home mirava de calmar-lo perquè no se li enfilés al damunt.

—El xal... ves a saber...

—Voleu més cafè?

La Concepció va trencar el silenci, que cada vegada era més tens.

—No se'n recorden?

La Marga havia insistit amb la veu més dolça que va poder, com si aquella pregunta fos intranscendent, com si en realitat no ens importés tant saber qui s'havia quedat el coi de xal.

Llavors la dona va dir:

—Jo no ho sé... però, Enric, si m'ho fessin endevinar, diria que se'l va quedar la teva germana Rosa Maria, no trobes?

I tots dos van riure, ell per sota el nas, ella amb un riure petit de ratolí.

—Sí, la Rosa Maria. Segur. La Rosa Maria aconseguia tot el que volia.

Una altra vegada el silenci, ara interromput pels lladrucs curts i alegres del gos, que reclamava atenció, i per les campanades que cantaven les onze.

—Uf... les onze. No els volem entretenir més. Que ens diria, si no és molèstia, on la podem trobar, la Rosa Maria?

M'havia posat dreta mentre feia aquesta pregunta, que havia de ser la darrera.

L'Enric va fer el gest d'aixecar-se, però com era de preveure, no era feina fàcil. Va agafar impuls recolzant les mans damunt del sofà, però va tornar a caure, amb tot el pes de la seva còrpora, damunt del cul. Va tornar-hi, sense èxit. En Lluís s'hi va acostar:

—Deixi'm que l'ajudi...

—Ai, noi, ja veuràs quan arribis als meus anys, ja...

Un cop incorporat, mirant-nos amb sornegueria, va dir:

—La meva pobra germana Rosa Maria... no cal que la busqueu... si en fa de temps que cria malves!

—Ostres, ho sento.

Em vaig sentir avergonyida. Ho sabíem, que l'Enric era l'únic germà que quedava viu, i ens n'havíem oblidat.

—I ara! No passa res, dona. Era la meva germana gran, i jo soc el petit de set i en tinc vuitanta-sis, així que feu números!

M'estava impacientant. No podia esperar més.

—I els seus fills?

Per favor, que tingués fills, per favor, que fossin vius.

—Sí, la seva filla... la Carina, viu per allà baix, a Tarragona...

—A Tarragona?

—No, Enric, a Tarragona no. En un poble més petit... ai, fillets, no me'n recordo pas, del nom del poble...

—I com es diu, de cognom, la Carina?

—Navarro. Carina Navarro Molins. Però què li voleu, a la Carina?

Havia arribat el moment.

—Doncs... voldríem saber si encara el té, aquell xal que era de la nostra besàvia.

—Ui, ves a saber. Han passat tants anys!

—Sí, esclar.

—... si el té, deu estar fet una coca...

—Potser sí, però és un record de família i ens faria molta il·lusió trobar-lo, si més no, veure'l.

Estàvem mentint a aquella parella de vellets tan amables? Els estàvem amagant que el xal tenia unes flors pintades pel mateix Salvador Dalí? No, de fet no estàvem dient cap mentida, m'autojustificava. El xal era un record de família i era absolutament cert que el volia trobar per raons sentimentals. Em vaig tranquil·litzar pensant que, si finalment el trobàvem, ja hi hauria temps per parlar d'en Dalí i de la milionada que podia costar el xal en cas que es demostrés que les flors havien estat pintades per ell. De moment calia trobar-lo, i semblava que la cosa se'ns complicava altra vegada, si ni tan sols sabien a quin poble vivia la persona que podia tenir-lo.

—I vostè creu que podrien esbrinar-ho, a quin poble viu la seva neboda?

—Sí, dona, i tant. Ara mateix li truco i l'hi pregunto. Concepció, truca a la Carina, fes el favor.

La seva dona va tornar a repetir el somriure entre condescendent i afectuós, ara amb un punt d'irritació.

—Aquest home...!

Però ja havia anat a buscar el telèfon i l'agenda de contactes. Un telèfon fix i una agenda de paper.

Vam esperar pacientment que la senyora truqués i intercanviés tota una lletania de frases de cortesia amb la neboda. No devien parlar gaire sovint, vaig deduir.

—Ja està. Falset. Viu a Falset.

—Molt bé, gràcies. Em pregunto si podrien donar-nos el telèfon de la Carina. Així ens hi posarem en contacte nosaltres mateixos...

—I tant! Te l'escric en un paper.

Ja teníem el següent destí.

Capítol VII

Estimada Gris,

Sé que fa molts dies que no parlem. Les coses aquí no van gens bé. La mare va caure i, tot i que no s'ha trencat res, ha quedat tota ella adolorida i masegada, el cos ple de blaus, i ha de fer llit tot el dia.

Les ties i jo fem torns per fer-la menjar i netejar una mica la casa. Crec que si no hi anéssim es deixaria morir sense llevar-se. Està molt desanimada. És com si el dolor per la mort del pare i per la teva fugida li hagi acabat sortint ara, amb la patacada.

Per si ho vols saber, la meva filla ja menja fruita, ja s'aguanta dreta agafant-se als mobles baixos i intenta fer les primeres passes. La meva vida gira entorn d'això. La Violeta és el futur. El teu xal d'en Dalí és el passat. Ho entens, ara?

I a sobre, no para de ploure.

Adriana

L'amor de l'Arturo i la Rosa

Els joves Arturo Azuera i Rosa Amorós es van casar un dia de juny de l'any 1949. Ell tenia vint-i-quatre anys i era un home fet. El seu caràcter decidit i autoritari el va ajudar a prosperar socialment, en una ciutat que respectava els homes coratjosos i determinats.

A la Rosa Amorós la va conèixer en un ball d'estiu i des del primer moment que va contemplar les faccions dolces i el cos esvelt de cintura minúscula va saber que faria el que no està escrit per aconseguir-la.

Ho va intentar a la seva manera, galana i dominant, però la noia dels ulls blau cel s'esfereïa davant d'aquell caràcter tan abassegador. Ella volia un home gentil, que pogués ser un company afectuós i un pare responsable.

L'Arturo, que era impetuós però llest, va adonar-se que per seduir-la hauria de canviar d'estratègia, encara que això signifiqués reprimir constantment el seu mal geni i suavitzar les seves formes. La Rosa, que havia arribat a Mèxic amb tretze anys però de seguida s'havia adaptat al país i s'hi trobava com a casa, amagava rere aquella mirada celeste una naturalesa rigorosa i analítica. Sabia molt bé què volia i no estava disposada a acceptar per marit un home que no pogués ajustar-se a la vida de família que anhelava.

Quan ja feia uns mesos que festejaven, l'Arturo, que havia aconseguit controlar el seu temperament, va advertir la Rosa (no volia enganyar-la) que tota la comprensió i delicadesa que podia exhibir quan eren sols es transformaria en empenta i força davant dels altres. La seva sinceritat va convèncer la noia, que tot i així insistia:

—Però no es pot ser un home amb una gran personalitat i bona persona? —preguntava ella.

—De bona persona ho soc i ho seré.

Ella se'l mirava i se'l creia. Creia que, més enllà dels esclats volcànics, l'Arturo Azuera era un home bo. I va acceptar-lo, i s'hi va casar i van tenir cinc filles. L'hereu que Arturo esperava i desitjava no va arribar mai, i va ser ella qui va prendre la decisió de no quedar-se una altra vegada embarassada. Havia tingut uns parts difícils i no volia sotmetre el seu cos a aquell suplici un cop més. L'Arturo manava, però fins a cert punt.

De cara a les filles, de cara als amics i als coneguts, per a tota la societat de Puebla, era l'Arturo qui conduïa aquell matrimoni i la família amb mà ferma. Era tan masclista com tots els homes de l'època i del lloc, i la Rosa era tan dòcil com ho eren totes les dones de l'època i del lloc. Però, en la intimitat de la cambra, l'Arturo escoltava les seves opinions i les tenia en compte. No era un home romàntic, però el romanticisme era una cosa que la Rosa només trobava a faltar quan veia al cinema pel·lícules d'amor.

Per a tota la resta, considerava que tenien un bon matrimoni. Van educar cinc filles en els valors tradicionals en els quals tots dos creien. Van riure, resar i plorar junts. Tothom a Puebla els respectava. Van tenir un bon matrimoni.

***

Quan en Pau es va llevar em va trobar asseguda al balcó, amb un cafè encara fumejant a la mà, la mirada perduda pel damunt de les cases, en aquell cel net i escombrat per la tramuntana.

—Què rumies?

—Penso en la meva germana.

—Adriana, oi?

—Sí. Un nom molt més bonic que el meu.

—Què dius, dona! Gris és molt original. El nom d'un color!

—Mmm...

—I no d'un color qualsevol. El gris no és ni blanc ni negre, és el color de l'equanimitat i del pacte, ni d'aquí ni d'allà, ni fosc ni clar. El color de la barreja i de la mixtura...

Ell va tornar a entrar per fer-se un cafè. En sortir, es va asseure al meu costat i em va passar el braç per damunt de les espatlles, fent força per atreure'm cap a ell, fins que va aconseguir que em deixés anar i recolzés el cap damunt del seu pit. «Ens poden veure des del carrer», vaig pensar. Però no vaig apartar-me'n.

—I què li passa, doncs, a l'Adriana?

Vaig parlar-li del nostre distanciament, de la possibilitat que l'Adri no hagués paït la meva marxa. Li vaig dir que potser no li faltava raó i que hauria d'estar més pendent d'ella i de la seva filla.

—Potser està gelosa...

—Sí, ja ho he pensat.

—Ho era, de petita?

Vaig fer un silenci abans de respondre. Com si ho estigués valorant. Però, en realitat, ho sabia de sobres que sí, que era molt gelosa, l'Adri.

—Sí que ho era. Tot i que jo soc la gran i només tenia un any i mig quan ella va néixer i vaig perdre el tron.

—Però els germans petits tenim fama de ser consentits, també.

—Fama justificada?

—En el meu cas no, en absolut!

En Pau va deixar anar una riallada alegrement sorollosa, i una parella gran que passava per sota del seu balcó es van aturar i van alçar el cap. «Merda. Ja ens han vist.» Jo continuava amb el cap recolzat al pit d'ell.

—A mi m'hauria agradat tenir més germans. Sobretot un noi. M'hauria agradat dir «el meu germà».

—Sí! A mi també m'hauria agradat dir «la meva germana»!

—Saps? La meva mare té quatre germanes. Són tot noies.

—Ostres! El teu avi sí que estava en minoria... pobre home!

—Pobre home? El meu avi era el rei del mambo, a casa seva!

El sol s'estava amagant i l'horitzó resplendia amb núvols roses i vermells. El balcó d'en Pau donava just al parc bosc de Figueres i em vaig adonar que la majoria dels arbres estaven inclinats, tots cap a la mateixa direcció.

En Pau em va llegir el pensament quan vaig començar a dir:

—Com és que els arbres...

—Els efectes de la tramuntana.

—De veritat? —Em pensava que em prenia el pèl. Vaig deixar anar unes quantes respiracions fondes—. Que bonic que és això, Pau!

Ell se'm va quedar mirant amb satisfacció, com si la bellesa del paisatge empordanès fos mèrit seu, i em va apartar el floc de cabells que sempre em cau damunt de l'ull dret. I en aquest gest hi vaig veure una intenció diferent, menys familiar que quan una estona abans m'havia fet recolzar el cap sobre el seu pit. Va sonar el seu telèfon.

—Diu en Joan que si baixem a fer una cervesa a la rambla. Fet?

—Fet!

Em vaig posar dreta d'un bot. Res no em podia venir més de gust que allargar aquella conversa amb una cervesa al davant.

Estimada Adriana,

Em sap molt, molt de greu, que em parlis (m'escriguis) en aquest to. I em sembla increïble que em diguis que m'he oblidat de tu i de la teva preciositat de filla. Saps que no és cert. Saps que això no podria passar mai.

No vull encetar un combat de retrets, però francament, em pensava que t'alegraries que vagi deixant enrere la pena que arrossegava després de tot el que m'ha passat. Ostres, Adri: em vaig quedar sense marit, sense casa, sense feina i sense pare en qüestió de setmanes.

Potser sí que estic sent egoista, però saps què? Com diu la tia Inés, de tant en tant se n'ha de ser una mica. Només si em recupero podré tornar i cuidar la mare i estimar-vos a tu i a la Violeta com cal. És allò que diuen als avions, que primer t'has de posar la mascareta i respirar, abans d'ajudar els del teu voltant.

Necessito omplir-me d'amor una altra vegada per tornar a donar-ne. Espero que ho entenguis.

Gris

Però jo sabia que, per més que escrivís paraules afectuoses, l'Adriana no cediria. Estava enfadada i dolguda, i no tenia cap intenció de perdonar-me, de moment.

A partir d'aleshores, les meves cartes van començar a ser poc sinceres, descafeïnades. Com podia parlar-li dels descobriments que anava fent, sobre el país o sobre la família? Com podia compartir-ho amb ella si, lluny de sentir que la concernia, més aviat em semblava que l'enervava?

Amb el temps, per exemple, vaig anar coneixent els Romeu de Figueres. Em semblava detectar que en Joan Antoni Romeu tenia una relació diferent amb els seus fills, segons si eren del primer matrimoni o del segon. O potser eren ells, els fills, que no el tractaven igual.

Els dos grans, en Joan i en Lluís (els «gasos») li mostraven un gran respecte, que es podia arribar a confondre amb fredor. Entre els dos germans hi havia una gran complicitat. Parlaven sovint de la seva mare, cosa que no semblava incomodar el seu pare, ni la dona del seu pare. També era habitual que recordessin anècdotes de la seva infantesa, de la casa on vivien quan eren petits, de les vacances que passaven al poble aragonès de la seva mare. De vegades, em semblava que aquesta insistència no era casual ni espontània. Era com si els dos germans sentissin que no acabaven de formar part de la nova família que constituïen el seu pare, la Francesca i en Pau. Per això —intuïa jo— s'esforçaven a remarcar el passat que tenien en comú, com si calgués recordar-li al pare que havien tingut una vida, una família, abans de l'actual.

Quan en Joan Antoni i la Cecília es van separar, ells tenien vuit i set anys. Una edat fronterera que els permetia recordar algunes coses, però no totes, com si pel camí de la memòria haguessin perdut els primers tres o quatre anys, és a dir, la meitat de tots els anys que els seus pares estaven junts.

També era habitual que un o altre comentés que el seu pare «abans no era així», o «abans li agradava tal cosa», com si en Joan Antoni s'hagués desdoblat en dues persones: el seu pare, per una banda, i el pare d'en Pau, per una altra.

En Pau semblava aliè a tot això. En realitat, en Pau semblava que passava una mica de tot: aplicava el sentit de l'humor a qualsevol conversa, com si viure, per a ell, fos fàcil i intranscendent. Potser hi tenia a veure que, quan ell va néixer, va ser quan el seu pare va començar a guanyar-se bé la vida. Quan creixes en una família amb diners tot resulta més fàcil.

A la Cecília, la primera senyora Romeu, la vaig conèixer en un sopar a l'Hotel Duran que es va organitzar per celebrar l'aniversari d'en Lluís. La seva presència la van donar tots per descomptada i en cap moment em va semblar que provoqués cap incomoditat, ni per ella ni pels altres. Em semblava difícil d'imaginar que una cosa així passés a la bona societat de Puebla.

La Cecília Gas era una dona alta i prima, elegant, i amb els ulls més blaus que he vist mai. Tenia el nas llarg i els pòmuls marcats. Semblava una actriu nòrdica. Duia els cabells —grisos, quasi blancs— recollits en una cua baixa. Vestia amb peces de disseny modern, teixits de qualitat, sabata baixa. Quan somreia, i no ho feia gaire sovint, l'expressió de la cara perdia la fredor inicial i tota ella semblava relaxar-se.

En Joan Antoni la tractava amb un barreja de recel i simpatia. Li prenia el pèl amb una demostració de confiança, però sempre semblava que estava esperant que ella li respongués amb un estirabot. De tant en tant, quan li volia cridar l'atenció, li deia «altesa» o «sultana» o «tsarina». Tot i que la Cecília no en feia cas, em semblava detectar, cada vegada, un minúscul gest de contrarietat. Però en Joan Antoni utilitzava sobrenoms per a tothom. Deia els noms propis en comptades ocasions. El seu fill Joan era «l'artista», en Pau, «xanguet» o «sardineta», la Francesca, «farigola». Quan algú li va preguntar quin sobrenom havia pensat per a mi, la seva resposta va ser rebuda amb aplaudiments i xiulets d'aprovació: «la moreneta».

En honor a la veritat, calia dir que els àlies amb què es referia a la Cecília eren molt adients. La seva exdona tenia un físic aristocràtic que es refermava amb la seva manera de parlar, lenta i pulcra. Ella, curiosament, només perdia el seu posat inalterable quan s'adreçava al fill petit del seu marit. Entre en Pau i ella hi havia un corrent de simpatia que saltava a la vista. No vaig sospitar-ne la raó fins que un dia la Cecília, que mantenia una exaltada conversa amb en Pau sobre política, va quedar-se'l mirant entre torbada i embadalida, i va dir-li:

—Quan vols tenir raó, t'expresses ben igual que el teu pare quan era jove.

I em va semblar que la vehemència d'en Pau li havia fet retrobar el jove Joan Antoni, aquell de qui es va enamorar.

Amb la Francesca, la Cecília hi mantenia un tracte cordial, però sense trencar mai una mena de barrera invisible.

Em feia la impressió que, en veure-la, tothom es podia imaginar aquella dona dirigint un museu d'art o una revista de moda. Es feia difícil, en canvi, visualitzar-la punxant una mà per posar-hi una via o canviant els apòsits ensangonats d'una ferida. Tanmateix, tothom sabia que la Cecília Gas era una de les infermeres més ben considerades de l'hospital comarcal, on tothom lamentava la seva imminent jubilació.

Tenia una colla d'amics amb qui viatjava sovint, entre els quals un matrimoni format per la seva amiga d'adolescència i el marit, que era cirurgià i company a l'hospital on treballava la Cecília. En cap moment em va semblar que fos una dona solitària ni deprimida, més aviat semblava molt independent i amb una vida molt activa. Se'm feia molt difícil imaginar-la enamorada d'en Joan Antoni, fins aquell dia que es va mirar en Pau d'una manera diferent i li va dir allò.

Estimada Gris,
No saps quin greu que em sap això que m'has explicat per telèfon... però ja saps com és la teva germana. L'Adriana està engelosida, això és tot. Recordo quan va néixer, que la teva mare estava tan amoïnada per si tu, que no tenies ni un parell d'anyets... Però de seguida vam veure que per tu no calia patir. En canvi l'Adri (que et seguia a tot arreu i t'admirava com totes les germanes petites fan amb les grans) feia unes rebequeries impressionants. Quan la mare o qualsevol de nosaltres t'agafàvem a coll o et fèiem una manyaga, ella esclatava amb uns plors desesperats, que trencaven el cor.

I ara, tot i que podria ser (hauria de ser!) tan feliç amb aquest marit que té, que és un tros de pa, i aquesta nena que és bona i bonica com un sol... doncs no, no en sap, de ser feliç. Et troba a faltar i et castiga. Li sembla que l'alegria que desprenen els teus correus són un senyal clar que t'estàs allunyant de nosaltres.

Jo mateixa ho he patit en moltes ocasions. Quan feia gires amb la companyia que em portaven per tot el país, les meves germanes ho vivien amb una barreja d'admiració i d'enveja. Com si jo tingués la culpa que elles triessin, en un moment donat, fer una vida més plàcida i de vegades avorrida que la meva. Però jo també tenia els meus problemes. Econòmics, sentimentals, de tota mena.

Després, no et pensis, quan feia alguna telenovel·la i la gent em reconeixia pel carrer, llavors se'n sentien la mar d'orgulloses i no paraven de parlar de mi a la perruqueria i a la carnisseria i a tot arreu.

En fi. Jo estic molt i molt contenta que decidissis marxar. Els canvis, Gris, estimada, si són escollits lliurement, sempre porten coses bones. Has estat valenta i no t'has de capficar amb això de la teva germana. Ja li passarà, noia.

Una abraçada de la teva tia Inés.

A Falset m'hi van acompanyar en Pau i la Teresa, que són uns cunyats que s'avenen molt, tot i tenir, aparentment, una manera ben diferent de veure la vida. Amb en Pau tot té un punt lúdic, com si la vida fos un lloc on hem vingut a divertir-nos. La Teresa és tímida i seriosa. Sembla que s'amagui rere les ulleres de pasta i el serrell que li cau damunt dels ulls sense parar. És molt prima, té els braços molt llargs i uns peus enormes. Té un caminar d'ànec, amb moviments laterals molt pronunciats a cada passa. Sembla que mai no tingui cap pressa, el seu parlar també és lent, arrossegant les síl·labes finals. Té la pell molt blanca i pigada, a primer cop d'ull diries que és anglesa. M'és fàcil imaginar-la en una casa de camp, cuidant els rododendres del jardí, amb les botes d'aigua i el davantal.

Diria que amb en Pau s'avenen, sobretot, perquè tenen un sentit de l'humor semblant, riuen de les mateixes coses. Són d'aquella mena de gent que no pot frenar les rialles davant d'una caiguda o si algú s'entortolliga amb les paraules. Vam fer el viatge en cotxe escoltant la música dels grups catalans que volien que conegués. Els vaig prometre que jo també els faria escoltar música mexicana perquè no anessin pel món fent el ridícul pensant que només tenim *corridos* i *mariachis.*

El paisatge del Priorat —el paisatge del vi— és una meravella: avellaners i ametllers, oliveres velles i vinyes, verdes i ordenades, que expliquen l'esforç dels pagesos en una terra més aviat aspra. Els meus acompanyants em diuen que a la comarca s'hi fa un oli de categoria i un vi excel·lent, que ha aconseguit prestigi arreu del món.

Però allò que em va seduir realment de la comarca va ser els noms dels pobles que anava veient als indicadors de les carreteres. Els llegia en veu alta, i en Pau i la Teresa es partien de riure del meu accent. Cornudella, Gratallops, Margalef, Porrera.

—Són extraordinaris! —deia jo, admirada

—No sé si te'n fots... —deia la Teresa, recelosa.

—Són noms molt originals, no em direu que no. Sona molt estrany *Gratallops*...

Em van demanar que jo els digués noms de pobles mexicans que poguessin sonar extravagants.

—Us guanyo segur —els vaig advertir—, la majoria són prehispànics. —I vaig començar—: Chilpancingo de los Bravo, Cholula, Huauchinango, Xicotepec...

Em van fer parar, ofegats de tant de riure. El viatge es va fer molt curt.

Capítol VIII

La Carina, la descendent de la cosina Clareta que teòricament podria haver acabat heretant el xal pintat per Dalí, vivia en un pis de Falset, al carrer principal del poble. Havia quedat vídua i vivia sola, tot i que tenia les filles a tocar.

Era xerraire, molt extravertida, i ens va rebre amb una gran amabilitat, obrint-nos les portes de casa seva, tot i que no sabia qui érem ni què volíem.

—Els oncles no m'han sabut explicar gaire què busqueu. S'han fet molt grans, pobrets. No hi toquen, em sembla.

Li vam parlar de la nostra besàvia Maria, que era cosina de la seva àvia Clara. El rostre de la Carina, il·luminat cada dos per tres per un somriure, no deixava intuir si aquella història li sonava a coneguda o si l'estava escoltant per primera vegada.

—Ja us entenc... la meva àvia va guardar uns objectes que eren de la vostra besàvia, oi? I per què penseu que els puc tenir jo? Va tenir set fills, la meva àvia!

Aquí venia el moment incòmode. Com li dèiem que, segons els seus oncles vellets, la seva mare era, de tots els fills, la que tenia fama d'acabar sempre imposant la seva llei?

Vaig tirar pel dret i amb tot el meu desvergonyiment, vaig deixar anar:

—Ens han dit que la seva mare era una dona molt sensible, que li agradaven les coses antigues i els objectes bonics...

De reüll vaig veure l'expressió atònita d'en Pau i la Teresa. La Carina va reaccionar entusiasmada:

—Ai, sí, això sí que és veritat! Era una dona molt... molt artística.

Vaig mirar a terra com si hi acabés de veure una moneda d'or o un escarabat. No podia aixecar els ulls perquè sabia que esclafiria a riure. Vaig sentir el soroll que feia en Pau, com una tos sincopada.

—La meva filla ho ha heretat. Escriu poesia, sabeu? I també fa punt de creu i després ho emmarca... —es va aixecar i es va acostar a la paret—. Mireu, veieu aquest quadre? Oi que sembla un dibuix? Vine, nena... Cristina... vine a mirar-t'ho de prop.

Vaig fer el que la Carina em demanava, ignorant l'enèsima confusió amb el meu nom, i vaig veure un quadre amb un osset i unes peces de trencaclosques.

—Molt bonic...

—És que ha tingut una criatura, sabeu? És un nen boniquet, boniquet. I tu no en tens, de criatures, Cristina?

Una altra vegada.

—No, no... I és Gris, de Griselda.

—Ah... està bé. Griselda... quin nom, eh?

Vam tornar a seure i la Carina es va posar al meu costat i va treure el mòbil de la butxaca. Va fer el que em temia:

—Vols veure'l, el meu net? Mira, mira quina preciositat.

A la fotografia s'hi veia una noia amb el cabell tenyit d'un carbassa brillant, molt pintada, que duia a coll un nen molt bufó, rosset.

—Molt guapo. I aquesta deu ser la seva filla, oi?

En Pau ja en va tenir prou:

—El cas és... vostè l'ha vist mai, el bagul que guardava aquests objectes? El té vostè o sap qui el pot tenir?

Es va fer un silenci estrany. El sol entrava a raig a la saleta on érem, però de tant en tant un núvol el tapava i era com si s'haguessin apagat els llums sense apagar-los.

—Eh... no, fillet, no.

Em va semblar una resposta massa breu per a aquella dona tan xerraire. M'estava tornant paranoica?

—Potser el bagul es va perdre, però el que hi havia a dins... li sona haver vist un llibre d'*Alícia en terra de meravelles*?

—No.

Massa ràpida, aquella resposta. I massa ràpida, també, la manera que la Carina, fins aleshores tan hospitalària, ens feia fora de casa seva, argumentant una visita al metge.

En sortir al carrer, ens vam mirar tots tres. En aquell moment, un nuvolot enorme tapava del tot el sol de mitja tarda i el carrer s'entristia.

—Què en penseu? —vaig preguntar.

En Pau i la Teresa van parlar tots dos alhora però, tot i que es trepitjaven, vaig entendre que estaven dient el mateix. Aquella dona ens amagava alguna cosa.

El viatge de tornada va ser molt més silenciós que el d'anada. Cadascú es mantenia amb les seves cabòries, aïllat dels altres. Jo contemplava les vinyes que passaven rabents per la meva finestreta.

Aquella nit vaig somiar amb la Carina, que feia de funambulista, caminant per una corda, embolicada tota ella en un xal blanc.

Estimada Gris,

Gràcies per les fotos. La mare es troba millor, però ara resulta que la tia Camila té pneumònia. Això és un no parar. És que ja són grans...! Fins i tot l'Angélica, des que es va quedar vídua, que no aixeca cap. L'altre dia me la vaig trobar pel carrer i anava tan despistada que gairebé no em reconeix, la vaig haver de cridar. És com si li haguessin caigut deu anys al damunt d'un dia per l'altre.

Però, en fi, no sé per què t'ho explico, tot això. No sé si t'interessa. Tens altres coses al cap, ara. Per cert, als teus correus hi surt cada cop més sovint el nom d'aquest Pau. Se'm fa difícil pensar que és un nom de noi. Tinc una amiga que es diu Paulina —te'n recordes?— i li diem Pau. La cosa és que en parles molt sovint i veig que aneu junts a tot arreu. Que m'has d'explicar alguna cosa? Tot i que estiguem lluny i mig barallades, ja saps que et conec millor que ningú. No pots amagar-me res, Gris.

I, per cert, que és ben guapo, el noi. A les últimes fotos que has enviat sortiu tots dos molt bé. Feu bona parella. ;-)

Adri

Quan vaig arribar a casa no podia parar de donar voltes a l'actitud de la Carina. La dona, per alguna raó, no m'inspirava confiança. És veritat que havia estat simpàtica i receptiva, però em feia la sensació que ens volia atabalar xerrant pels descosits per desviar la nostra atenció. Com si del bagul de la besàvia no en volgués dir res.

Em vaig posar una copa de vi i em vaig asseure al sofà. En Pau havia sortit amb la xicota i jo no tenia ni ganes de fer-me sopar. Vaig agafar el mòbil per triar les fotos que volia enviar a Puebla i, tot d'una, em va venir al cap la foto que la Carina m'havia ensenyat, la de la filla i el net. Se'm va encendre una llumeta, com una guspira que feia pampallugues, i m'hauria agradat tornar a veure aquella imatge. Llavors se'm va acudir que potser la noia tenia Instagram. Em va costar una mica recordar com es deia. Recordava que la Carina havia dit el seu nom i després havia afegit «però tots li diem...». Sí: es deia Núria, Maria Núria, però tots li deien Minú.

Amb una mica de sort s'hauria registrat a l'Instagram amb aquest nom i seria fàcil de trobar. I sí, va ser molt fàcil: Minú Garriga, Falset. La foto de perfil era una posta de sol. Segur que no hi havia cap altra Minú a Falset. Efectivament, tenia el perfil obert i una quantitat exagerada de fotografies d'ella i del seu fill, del nen sol, d'ella amb el marit, d'ella amb les amigues. Totes acompanyades de frases de l'estil: «Moments d'amistat que no s'obliden», «Marc, ets la llum del meu dia a dia» i una tirallonga de #love #hapiness #friends i coses així.

Ella hi sortia amb el cabell panotxa, els ulls enormes i d'un verd incandescent, els llavis perfilats i la pell llisa com la d'un bebè. La màgia dels filtres i del Photoshop, vaig pensar.

I, de sobte, la llumeta que pampalluguejava des de feia estona va agafar força: la Minú, en algunes de les fotografies, duia unes arracades de maragdes. Eren precioses, amb una maragda petita i rodona a la tanca, envoltada de diamants minúsculs, i una maragda més gran en forma de llàgrima pel penjoll.

Quan en Pau va tornar a casa no li vaig deixar dir ni hola:

—Les arracades de maragdes, Pau! Les que la Clara va agafar de casa dels besavis, amb el llibre d'*Alícia en terra de meravelles* i el xal. Ho veus? —Estava tan excitada que em tremolava la veu.

En Pau es va posar a saltar i xisclar com un nen petit, mentre jo l'observava i reia. Després, va gravar un missatge de veu al xat de la seva família, més eufòric del que segurament calia, per anunciar que havíem trobat la pista definitiva i que jo era una detectiu de primera.

Després es va acostar al sofà i va allargar una mà perquè jo m'aixequés. Un cop vam estar drets l'un al davant de l'altre, em va abraçar i va començar a fer-me petons. I després, una cosa va portar a l'altra i no sé com, vam acabar al llit.

El matrimoni de la Flor i en Víctor

El dia que es van casar, el cel era d'un blau absolut. Havia plogut tota la nit i al jardí on celebraven la festa, tot brillava: les palmeres, les tovalles blanques, els barrets de les senyores, les bombolles dels vins escumosos.

A la taula presidencial, els nuvis repartien somriures a dreta i a esquerra, prodigaven gestos afectuosos als pares, es besaven sense vergonya. El pastís havia deixat impressionats els convidats. Una piràmide feta de roses de sucre que sabia greu tallar i menjar.

Quan ja tothom assaboria el pastís, els cambrers van sortir al ritme d'una marxa triomfal i van començar a omplir les copes de xampany. I va ser aleshores que tot de noies de llargues cabelleres fosques i ondulades es van aixecar i, travessant el mar de taules, es van acostar fins a la gran taula presidencial, guarnida amb rams de flors blanques que queien, com salts d'aigua, damunt de les tovalles.

Eren les germanes de la núvia, totes amb el vestit de dama d'honor d'un verd clorofil·la. Passant per l'esquena del nuvi, van envoltar la seva germana, proposant-li un brindis fraternal. A la ciutat, els comentaris sobre aquella imatge —la bellesa de les cinc noies Azuera, els cinc somriures vermells— van allargar-se dies i dies.

La bona harmonia que hi va haver el dia del casori entre les dues famílies, tenint en compte que el pare de la núvia i la mare del nuvi compartien orígens catalans, no es va allargar més enllà de les primeres setmanes. Com que, com és sabut, les dones solen tibar més cap a la seva banda, el jove matrimoni visitava sovint la casa dels Azuera, cosa que va fer que els pares d'en Víctor se sentissin marginats i menystinguts pel seu únic fill.

En Víctor, per la seva banda, aviat va cansar-se d'aquella col·lecció de cunyades que es presentaven sovint a casa seva sense avisar i que, com si mai no en tinguessin prou, també entretenien la seva dona al telèfon durant hores. El calendari de celebracions a casa els seus sogres era, al seu parer, una exageració, i quan les cunyades van començar a casar-se, tampoc no va tenir amb cap dels marits afinitat suficient per poder fer-hi amistat.

Quan la Flor va ser mare, el vincle amb les seves germanes es va fer encara més estret —si és que això és possible— i la relació de parella va començar a trontollar de valent. No solia haver-hi baralles exaltades, més aviat l'un i l'altra acceptaven passivament l'afebliment del seu matrimoni.

Ell, com sol passar a molts homes, va omplir les seves mancances emocionals lliurant-se en cos i ànima al negoci de lloguer de vehicles que havia posat en marxa amb un soci. Ella, que als matins ajudava la seva germana Camila a la botiga d'antiguitats del Callejón de los Sapos, feia vida social a les tardes, quedava per berenar amb amigues o anava a veure exposicions o al cinema. Li agradava conèixer gent, llegir novel·les i comprar-se roba. I sempre estava a punt per organitzar una trobada familiar o per acceptar invitacions de festes a casa d'amics.

La vida de la Flor estava plena d'afecte i de diversió i la d'en Víctor, de reptes i de responsabilitat. Quan les nenes van arribar a l'adolescència, semblava que tots dos havien aconseguit ser prou feliços, cadascun per la seva banda.

Però aleshores, la Flor va conèixer un venedor de figures de porcellana que havia visitat un parell de vegades la botiga d'antiguitats. Era un home atractiu i molt simpàtic —amb aquella simpatia una mica impostada dels representants— i se'n va enamorar gairebé sense adonar-se'n. I va ser un amor boig i temerari, però profund com la més profunda de les certeses.

Les seves germanes van saber-ho sense necessitat que els ho digués. Una li detectava una lluïssor nova als ulls, l'altra li endevinava un tremolor a la veu quan en parlava. Temien que la germana gran —fins aleshores tan assenyada— perdés el control de la seva vida i hagués de penedir-se'n. Però totes coincidien: mai no l'havien vista tan feliç, tan lliure, i no es veien amb cor d'aturar-la.

Amb el coratge que donen els amors apassionats, la Flor va parlar amb en Víctor sense embuts i sense cap ganes de fer mal. Pensava, amb la innocència pròpia de les persones que no han fet mai res mal fet, que la veritat sempre és el millor camí, que els estalviaria dolor i temptacions de venjança.

Però en Víctor, dolgut i ofès, va alçar la veu com mai no ho havia fet i va proferir insults que la Flor va rebre com bufetades. Només volia fugir de casa, deixar rere seu els crits, els cops de puny a la paret, els vidres trencats.

Ell l'empenyia a marxar, però l'amenaçava que no veuria mai més les filles. Contra tot pronòstic, la Flor, abatuda per l'impacte d'aquella reacció que no esperava, va fer cas al seu home i va sortir de casa després d'haver entaforat en una bossa roba interior, un parell de pantalons i uns quants jerseis. Els primers que va trobar.

I, quan travessava els carrers de la ciutat carregada amb la bossa, en lloc de pensar en les nenes, pensava en l'amant. Estava segura que, quan es trobessin, quan ell la protegís amb la seva abraçada, recuperaria les forces i podria enfrontar-se al marit.

Però la passió d'aquell venedor que l'havia enamorat es va desinflar quan va veure-la tan decidida. Però si encara no hi havia pensat, en el futur! De què li parlava? Ell no li havia promès mai res. De fet, hi havia una dona que l'esperava, una dona amb qui ell sí que estava compromès.

La Flor va plorar i xisclar, va udolar de ràbia i va engrapar-lo per la camisa, amb estrebades fortes. I ell va marxar, va fugir cames ajudeu-me, com un vulgar lladregot.

Uns dies després, la Flor va tornar a casa. Les germanes havien intercedit i en Víctor la va deixar passar mentre li recitava una llista de condicions. La va humiliar tant com va poder i li va preguntar si ella ho acceptava.

I la Flor, enfonsada, vexada fins a dir prou, va dir que sí i aquella mateixa tarda va anar a recollir les nenes a l'escola i va preparar la verdura per sopar.

Amb el temps, la tensió es va anar afluixant. Ella claudicava en tot, es doblegava, es rebaixava, se sotmetia. Era primordial que els seus pares no s'assabentessin de res.

I així, a poc a poc, en Víctor va anar cedint i va tornar a ser l'home amable i pacífic que ella coneixia. El matrimoni, evidentment, no va tornar a ser mai sincer ni apassionat. Va ser una ficció, una teatralitat que tots dos van pactar perquè volien protegir les nenes i perquè cap dels dos, després d'aquell entrebanc, no tenia esma de buscar la felicitat. Es conformaven amb aquell simulacre.

Les germanes li van fer costat: totes estaven d'acord que, a Mèxic, més valia ser una dona mal casada que una mare soltera. Totes, no. La Inés, com sempre, no hi estava d'acord. Però ja se sabia que la Inés era la rara.

Capítol IX

Després del sexe, ens vam dutxar, ens vam vestir i vam sortir al carrer. Sense dir-nos-ho, ens vam posar a caminar cap al centre de la ciutat. El vespre era blau i vermell i l'enllumenat públic començava a encendre's. Ho feia a tongades, ara els fanals de la pujada del Castell, ara els de la rambla. Primer desprenien una llum estantissa, que a poc a poc s'anava intensificant.

Vam ramblejar una estona i sentíem clarament el brogit dels ocells. Jo —en lloc d'amoïnar-me per les cagarades— només podia pensar, amb incredulitat, que em sentia molt còmoda. En Pau i jo som cosins —llunyans, però som família—, ell sortia amb una noia —que ja tenia la mosca darrere l'orella— i jo no n'estava enamorada. Tot eren elements que feien pensar que acabava de cometre un error. I, en canvi, ni ho sospesava ni la possibilitat que ell ho cregués em neguitejava.

Gaudia intensament de la sensació de llibertat. D'haver fet aquest pas espontàniament, sense donar-hi importància. Mai no m'havia sentit així.

Vam parlar de la descoberta de les arracades de maragdes. En Pau estava segur que havíem enxampat la Carina i la seva filla; que elles guardaven el famós bagul i que, a Falset, aquella dona loquaç d'aspecte inofensiu ens havia volgut ensarronar.

Jo intuïa que elles no sabien res del xal i que el que volien protegir eren, només, les arracades de maragdes i brillants, que devien valer un dineral.

Ens calia rumiar bé l'estratègia: tornàvem a Falset i preguntàvem obertament pel xal? O elaboràvem algun estratagema més sofisticat?

Vam tornar a casa de fosc. La ciutat estava deserta i silenciosa.

Aquells dies, el meu cap era un bullidor d'interrogants. Qui era jo i què volia? Què m'havia portat a emprendre el viatge des de Mèxic fins a Catalunya? Ho vaig fer només fugint d'aquella Gris que havia viscut (o perdut) uns anys reclosa en un matrimoni que era com una casa sense finestres? O el motor que m'empenyia era la recerca una mica absurda d'uns orígens familiars que fins feia poc ni tan sols m'encuriosien?

L'obsessió per trobar el xal de la meva besàvia era raonable? Què esperava aconseguir si el trobava?

Estimada Gris,

No sé com pretenies amagar-me que te n'havies anat al llit amb aquest Pau! Et conec massa i t'ho endevino tot. I saps què et dic? Que quan hem penjat, hi he rumiat una mica i penso que has fet ben fet. Què carai! Si el noi t'agrada... al cap i a la fi, a Puebla tothom sap que el teu ex cada setmana en té una de nova. L'únic que has de fer és convèncer en Pau perquè deixi aquesta nòvia que té.

Parlant de nous amors, et recomano que la pròxima vegada que parlis amb la tia Inés li preguntis com li va a ella, en aquest terreny. M'ha prohibit que t'ho expliqui (que ho expliqui a ningú), però l'altre dia la vaig veure passejant amb un home i semblaven tots dos molt enjogassats, com uns adolescents, fent broma, clavant-se empentetes... En aquell moment no li vaig dir res, però després li vaig trucar i, després d'insistir-hi, va acabar confessant-me que tenia una aventura però que l'home no era lliure. Així que ja ho saps: jo et dono la pista i tu només has d'estirar el fil. Esteu compartint una situació similar.

Ja m'aniràs explicant com progressa el teu nou amor. Espero que això no vulgui dir que pensis a quedar-te a Figueres per sempre! Ara que m'havia començat a passar l'empipada... (és broma, esclar!).

Adri

Adri, estimada,

Deixem les coses clares.

1. En Pau no és «el meu nou amor». És un cosí llunyà que em cau molt bé.

2. No vull que deixi la nòvia. De fet, no vull que li digui el que ha passat, perquè no té cap importància.

3. M'importa un rave què faci en Darío a Puebla. De veritat.

4. Esclar que aquest clau totalment intranscendent no farà que em quedi! No hi has de patir.

5. Gràcies per revelar-me el secret de la Inés. Estic segura que acabarà explicant-m'ho.

Com ja et vaig dir, i potser no em volies creure, una de les raons de marxar de casa era sentir-me lliure i actuar segons els meus desitjos. I em sento així per primera vegada a la vida. T'asseguro que és una bona sensació.

Els dos amors d'en Joan Antoni

En Joan Antoni Romeu, de jove, era un bon esportista. Feia escalada, ciclisme i jugava a tennis. Però de seguida es va adonar que, per a les relacions socials, el millor era fer-se soci d'un club nàutic. Ell era un jove arquitecte de família humil i estava segur que, si establia amistat amb les famílies benestants de la Costa Brava, aviat tindria encàrrecs que li permetrien fer-se un nom. Els rics, solia dir, no trien un arquitecte per la seva vàlua. Si aconsegueixes posar-te de moda i et contracten dos o tres noms importants, els altres vindran tot darrere, es barallaran pels teus serveis.

Només hi havia un inconvenient: en Joan Antoni odiava el mar. Dit ras i curt, li feia basarda. Probablement, havia tingut de petit alguna experiència —que no recordava— que l'havia traumatitzat.

Però era més tossut que una banya de marrà, i molt ambiciós. Així que es va empassar l'esfereïment que sentia quan navegava, amb aquell món fosc i misteriós que imaginava a sota la barca. Va aconseguir treure's el carnet i es va comprar un iot de dimensions mitjanes, que feia patxoca.

Tot plegat, però, va ser un goig sense alegria. En una de les primeres sortides, el motor de l'embarcació va encendre's, sense motiu aparent, i en Joan Antoni, tot i que va ser rescatat relativament de pressa, va passar un bon espant. En saltar del seu iot a la llanxa de salvament, es va fer una ferida a la cuixa dreta i, quan va ser a terra ferma, els serveis del club el van acompanyar a urgències. Els feia patir més la lividesa del seu rostre i el seu pols accelerat que no pas la rascada que tenia a la cama.

El va atendre una infermera diligent, però més aviat freda. Li va curar la ferida amb mans hàbils, sense deixar-se impressionar pels somriures que li adreçava el jove mariner frustrat. El caràcter de la Cecília es va posar de manifest des d'aquell primer moment i per a en Joan Antoni va ser tot un repte que la noia reconegués —després de mesos de cites estrictament amistoses— que també se n'havia enamorat.

El seu matrimoni va basar-se en el respecte i en la sinceritat, i la fórmula va funcionar perfectament mentre no tenien fills. Però en Joan i en Lluís van néixer molt seguits i donaven molta feina. Eren els anys que el seu pare estava creixent professionalment i el desequilibri es va anar accentuant. La Cecília va advertir-lo de seguida: no seria la dona comprensiva i sacrificada que entomaria la càrrega familiar en solitari mentre el seu marit es dedicava en cos i ànima a la seva carrera.

Ell tampoc no va enganyar-la: el despatx d'arquitectura, que tot just començava, requeria una gran inversió d'hores i energia. Durant uns anys, seria la seva prioritat.

Així les coses, no hi havia possibilitat d'entesa. No va haver-hi baralles ni crits ni plors. Van organitzar-ho tot perquè la separació no fos gaire traumàtica per als nens i van aconseguir mantenir una relació cordial.

Va ser tan fàcil que aviat va semblar que el matrimoni no havia existit mai i que sempre havien estat amics.

—Potser és que no ens estimàvem —va dir ella, la nit abans que ell marxés.

—O potser ens estimàvem tant que no volíem de cap manera fer-nos mal —va respondre ell, fent un glop de vi caríssim que havien obert per al comiat.

Van fer xocar les copes i van brindar pel futur.

Un any després d'haver-se separat, en Joan Antoni va presentar als seus fills la seva nova amiga, que es deia Francesca. Ella acabava d'heretar la casa dels seus pares, ben situada al centre de Figueres, a prop del parc bosc. Estava força atrotinada, però tenia un petit jardí amb moltes possibilitats. Volia que ell la rehabilités.

La Francesca solia dir, anys després, quan ja estaven casats, que en Joan Antoni s'havia enamorat de la casa més que no pas d'ella. El cert era que aquell projecte els va fer connectar amb rapidesa i que el resultat va ser encantador. La creativitat i el bon gust d'ella van sintonitzar perfectament amb la intel·ligència natural que ell tenia per a l'arquitectura.

Quan va néixer en Pau, els seus dos germans grans, que sempre anaven a casa del seu pare ronsejant, van començar a anar-hi amb més ganes.

La Francesca sempre recordava, amb una mirada riallera i tendra, el dia que en Joan Antoni va preguntar als seus fills grans si la casa els agradava, si hi trobaven a faltar alguna cosa. En Joan, sempre seriós, com un nen vell, va dir, sense gosar mirar el seu pare als ulls, que la casa era maca, que s'hi estava molt bé i que només hi trobava a faltar una cosa: la mare.

En Lluís i en Pau van estudiar arquitectura i es van posar a treballar al taller del seu pare, de manera que en Joan Antoni cada vegada tenia més temps lliure i se'n desentenia una mica més. La Cecília s'ho mirava des de fora i pensava que si això hagués passat abans, potser el seu matrimoni no s'hauria acabat. Però, fet i fet, s'estimava més que les coses haguessin anat així. En Joan Antoni no era el seu gran amor. El seu gran amor era un altre, però tampoc no podia compartir amb ell una vida familiar.

No podem fer anar la vida per on volem, pensava. La vida és com un riu, que avança per la seva llera, i canviar-ne el curs és antinatural i molt difícil. La Cecília ho havia entès.

***

El diumenge següent, en el dinar familiar a casa d'en Joan Antoni i la Francesca, en Pau i jo els vam explicar en detall allò que ell anomenava «el cas de les arracades de maragdes».

—La moreneta està feta una miss Marple! —deia en Joan Antoni, sorneguer.

Tots hi feien broma, i vaig sentir-me una mica ridícula, perquè per a mi la recerca del xal era una cosa molt seriosa: la besàvia havia volgut protegir el xal de la violència i, després que l'avi hagués d'anar-se'n a l'altre costat de món, ara jo tornava, fent el camí a la inversa i recuperava el tresor. Seria com si l'art i la bellesa acabessin triomfant sobre el feixisme i la destrucció.

Tots vam estar d'acord que si la Carina i la seva filla tenien les arracades de maragdes, també era lògic que haguessin guardat el xal pintat. De fet, quan li havíem preguntat pel volum d'*Alícia en terra de meravelles*, va negar haver-lo vist, però sense gaire convenciment.

Vam discutir quina seria la millor estratègia per fer-les confessar. La Francesca considerava que la millor opció era anar amb la veritat per davant, però els que havíem conegut aquella dona —una enredaire, segons en Pau— no ho vèiem gens clar.

Tot i així, com que no hi vèiem cap altra sortida, vam organitzar una segona excursió a Falset. Podíem haver-nos-hi posat en contacte a través d'Instagram, però els hauríem donat temps per preparar alguna fabulació sobre les arracades. Les havíem d'enxampar in fraganti.

La sort, en aquesta ocasió, va estar de part nostra, perquè mentre decidíem qui m'hi acompanyava i quin dia hi anàvem, jo anava xafardejant l'Instagram de la filla i, ves per on, vaig assabentar-me que, al cap de dues setmanes, la noia estava convidada al casament d'una bona amiga.

—I quina millor ocasió per lluir unes arracades de diamants i maragdes que un casament?

Mentre compartia amb en Pau el meu descobriment, em va agafar un atac de riure que no podia parar.

—Però què et passa? —em preguntava ell, confós.

—Que què em passa? Que no em sents? Estic planejant presentar-nos per sorpresa en un casament per caçar-la amb les arracades posades! El teu pare té raó: sembla l'argument d'una novel·la de misteri.

Fos com fos, ens va semblar una bona idea i el dissabte en qüestió, en Pau i jo vam agafar el cotxe i ens vam plantar a la capital del Priorat.

El casament era a les dotze del migdia i, com que davant de l'església hi havia la terrassa d'un bar, vam esperar la sortida dels nuvis i els convidats fent un aperitiu amb patates rosses, olives farcides i un vermut la mar de bo que fan a la comarca.

El sol queia a pleret damunt de la plaça, que es va omplir de colors llampants i dones maquillades. Els vestits, de tafetà, seda salvatge, ras o setí, brillaven com si les dones fossin flors que volguessin temptar les abelles.

Entre la multitud, vaig distingir la filla de la Carina. Era lluny i, com que hi havia tanta gent, de tant en tant deixava de veure-la i em feia un bot el cor.

—Mmm —vaig fer un gest derrotista—: va de color salmó.

En Pau em va adreçar una mirada perplexa:

—I?

—Home! El color salmó i el verd no combinen bé. Ningú que porti un vestit de color salmó es posaria unes arracades de maragdes.

Va rebufar i vaig veure clarament que em tractava de boja. Jo tenia raó —ningú em farà canviar d'opinió—, però es veu que si tens unes arracades de maragdes i diamants, te les poses per anar de casament peti qui peti. I les duia.

Vam esperar que la plaça es buidés una mica. La noia de les maragdes xerrava amb els uns i els altres i no semblava tenir pressa per marxar. Ens hi vam acostar i ens vam esperar discretament que acabés la conversa que mantenia amb dos homes amb vestits foscos i somriures blancs. La noia, òbviament, no ens coneixia, de manera que es va limitar a somriure'ns cordialment en veure que no ens movíem del seu costat.

—Ets la filla de la Carina, oi? La Maria Núria...

—Sí. Tothom em diu Minú.

Pronunciava Minú com si fos francesa. Vistes de prop, les arracades eren d'un verd absolut. La llum de migdia n'arrencava reflexos brillants i li il·luminaven la pell de les galtes. No era una dona de gran bellesa, però aquelles joies li feien ressaltar els ulls clars i estava realment bonica. Una mica massa maquillada per al meu gust, però bonica.

—Podem parlar amb tu un moment? —vaig preguntar-li, amb el meu català precari, que només gosava exhibir amb desconeguts.

Immediatament es va posar a parlar en castellà, amb un

accent català molt pronunciat. Cada vegada que passava això, em desanimava: volia dir que el meu català era molt dolent?

—Pots parlar-me en català. Ho entenc pràcticament tot.

—Entesos. Parlem si voleu... però qui sou?

Ens vam identificar i, mentre resumíem la història dels nostres febles lligams familiars, la Minú va començar a donar senyals d'incomoditat. Potser era perquè els convidats del casament ja havien anat marxant, i a la plaça només hi quedava un home jove, que devia ser el seu marit.

O potser —vaig pensar— començava a intuir per on anaven els trets i volia deslliurar-se de nosaltres.

Quan en Pau va arribar a la part del bagul amb les coses de la besàvia que teòricament guardava la seva família, la noia va començar a tocar-se insistentment les arracades, com si temés que els les poguéssim arrabassar de les orelles i arrencar a córrer.

—Què voleu, exactament? —la veu li tremolava una mica.

Vaig mirar en Pau i vaig tirar pel dret:

—La teva mare diu que vosaltres no teniu les coses de la besàvia, però aquestes arracades que portes podrien molt ben ser les de la besàvia Maria. Per la descripció de la carta de la teva àvia Clara...

La Minú va mirar a dreta i a esquerra, va agafar aire i finalment va dir, amb aire de derrota:

—Sí, m'imagino que són aquestes. I les deveu voler recuperar...

Tampoc no vaig consultar en Pau per donar una resposta ràpida:

—En realitat, el que ens interessa és un xal de color blanc que té pintades unes roses vermelles.

Crec que, si hagués pogut, la Minú s'hauria posat a saltar d'alegria.

—Ah, sí! També el tenim. Està fet una coca, no us enganyaré. El temps hi ha deixat unes taques grogues que no crec que marxin. Però si el voleu, és vostre.

Em va semblar que el cel s'obria i que l'aire, tot d'una, era més fresc.

Capítol X

La història d'amor de la Inés

Els carrers de Puebla es van omplir de cartells que anunciaven l'obra de teatre *Ayer*, d'un jove autor mexicà. Damunt d'un paisatge pintat a l'aquarel·la, amb domini de verd pàl·lid i blau turquesa, hi destacaven els noms dels intèrprets, amb grans lletres vermelles: Rodrigo González, Inés Azuera. I a sota, amb lletres més petites, hi deia «Dirección: Alicia Riquelme».

Quan el veia, la Inés no podia evitar somriure. Fer teatre la feia feliç, després de tanta telenovel·la. Era una obra moderna i arriscada, amb un text preciós que no li havia costat gens d'aprendre. Com passa de vegades a les companyies petites, després de mesos de feina, els seus integrants es consideraven una família.

La nit de l'estrena, al teatre principal de Puebla, la família Azuera en pes era a les primeres files. La Inés va pensar que era una sort que els seus pares ja no fossin vius, perquè no els hauria agradat veure-la a l'escenari dient paraules malsonants i parlant obertament d'incest, avortament i altres coses que els horroritzaven.

L'actor principal i ella van fer una bona amistat. Ell li deia

Inesita i la cuidava com si fos la seva germana petita. Quan van començar a sortir a passejar pels carrers de Puebla, tots dos reien pensant que la ciutat n'aniria plena: els dos protagonistes d'*Ayer*, l'amor que baixa de l'escenari a la vida real.

Res més lluny de la realitat. Ell, en Rodrigo, mantenia una relació des de feia anys amb un actor colombià, d'ulls fosquíssims i somriure tendre. Ho amagaven, perquè el representant d'en Rodrigo l'advertia que si reconeixia la seva homosexualitat ja es podia anar acomiadant de fer cap més telenovel·la. I les telenovel·les, a Mèxic, eren l'assegurança de vida dels actors i les actrius quan el teatre fallava.

Potser per això es van fer tan amics. Perquè, com en Rodrigo deia a la Inés per fer-la riure quan la veia angoixada, compartien un armari que cada vegada els semblava més estret.

La Inés s'havia enamorat apassionadament de la directora de l'obra, l'Alicia, molt més jove que ella i que, fins aquell moment, mai no s'havia sentit atreta per una dona.

Després del trasbals que li havia suposat aquell descobriment, l'Alicia volia viure l'amor amb la Inés lliurement. Però per a la Inés no era tan fàcil. Soc d'una altra generació, li deia, per justificar-se. I era veritat, però també hi tenia a veure la manera com havia estat educada. Per als Azuera, el que deia la gent sempre havia tingut molt de pes i, encara que els seus pares ja no hi fossin, la Inés no es veia amb cor de donar un disgust a la seva família.

—Un disgust?— preguntava l'Alicia, i la pregunta duia implícita una gran càrrega reivindicativa.

Només en Rodrigo podia entendre-la, i per això tots dos compartien llargues passejades pels jardins públics de Puebla. Eren aquelles passejades les que suscitaven comentaris i xafarderies, i ells dos no podien fer altra cosa que agafar-s'ho amb sentit de l'humor.

Però quan la paciència de l'Alicia es va començar a acabar i les seves exigències es repetien, cada vegada amb més intensitat, la Inés va espantar-se. No es veia amb cor de sortir de l'armari, però tampoc no es veia amb cor de perdre-la. Aquell era el seu gran —i segurament últim— amor.

Quan en parlaven, compartint el llit de la Inés, nues i embriagades de sexe i tequila, la Inés sovint acabava plorant.

—Sé que em deixaràs —somicava—. Com pots estimar aquesta ploranera vella i covarda?

L'Alicia l'abraçava, la seva pell jove de seda fregant la pell masegada i flàccida de la Inés. La feia riure i li recriminava que s'ho agafés tot tan dramàticament.

—Vull conèixer les teves germanes —sol·licitava, besant-li les parpelles i després el coll i després l'escot i els pits, que trobava que encara eren bonics.

I la Inés es preguntava quina seria, realment, la reacció de les seves germanes. Les recordava anys enrere, totes acceptant dòcilment la sentència de la seva mare: calia oblidar l'ignominiós abús que el marit de la Gabriela havia comès contra l'Angélica. Era millor tapar-ho, que no ho sabés ningú. Oblidar-ho.

Havien passat molts anys, però... i com unes dones que havien estat còmplices d'aquella barbaritat s'avindrien a acceptar que la seva germana era lesbiana i que compartia la vida amb una actriu molt més jove que ella?

No es podia confiar gaire en la seva empatia.

I la Inés se sentia tan poruga, tan poca cosa. Es feia fàstic.

***

El tenien guardat en una capsa de cartró dur, embolicat amb paper de seda. Tal com ens havien advertit, estava lleugerament tacat però, tot i així, era preciós. La seda era de color blanc trencat, amb uns serrells llargs que estaven força enredats. Quan el vam desplegar, les roses pintades van aparèixer com un esclat i ens vam quedar muts. Eren grosses com taronges, d'una barreja de colors que anava del magenta al vermell de sang. La Carina el va estendre damunt de la taula del seu menjador i l'allisava amb les mans. La roba tenia marcats els plecs d'haver estat tants anys guardat.

Tot: les taques grogoses, els serrells entortolligats, els plecs fent quadrícula, tot eren senyals del temps. Vaig passar la mà per la roba i vaig notar les diverses textures. En alguns llocs era suau i prim com un tel de ceba, en d'altres semblava que el teixit s'hagués engruixit, com si hi hagués caigut un líquid al damunt i, amb el temps, hagués anat amarant la tela, encartonant-la.

En Pau el va agafar amb delicadesa i me'l va posar damunt de les espatlles. Tot i la lleugeresa, vaig notar el pes de la roba com una abraçada. Va ser aleshores quan em van saltar les llàgrimes. Em van fer unes fotografies i el vam tornar a guardar a la capsa, ben abrigat amb el mateix paper blanc.

La Carina em mirava amb cara de no entendre res, com si pensés que estava tocada del bolet. De cop, va tornar a enfilar-se a l'escala i va baixar de l'altell una capsa més petita. Fent gala de la seva generositat, me la va oferir amb gest magnànim:

—Mira, al final es veu que sí que havíem guardat el llibre aquell que em vas dir. El vols?

Quina barra. L'exemplar d'*Alícia en terra de meravelles* s'havia conservat molt bé. El vaig acaronar i després me'l vaig ficar a la bossa. No fos cas que se'n penedís.

Vam sortir de casa d'aquella dona i la vam criticar a plaer. Estava clar que només li interessaven les arracades de maragdes. I estava clar, també, que no tenia ni idea de la possibilitat que aquelles roses haguessin estat pintades per en Salvador Dalí. Si ho hagués sospitat, no se n'hauria desprès de cap de les maneres.

Respecte a aquesta qüestió, vam estar d'acord que la seva actuació, tan miserable, ens alliberava de qualsevol escrúpol.

Un cop al cotxe, en Pau em va advertir que es disposava a dormir perquè la nit anterior havia dormit poc (jo sabia que havia sortit a sopar amb l'Àlex i que havia tornat molt tard però, evidentment, me'n vaig guardar prou de preguntar-li com havia anat la vetllada).

Efectivament, al cap d'un moment vaig girar-me i el vaig veure amb el cap tirat enrere i els ulls tancats. Duia els auriculars amb un volum tan alt que podia sentir el xiuxiueig de la música.

Vaig haver de despertar-lo en arribar a Figueres. Vaig posar-li la mà al genoll per sacsejar-lo i ell va obrir primer un ull, després l'altre i, en veure'm, em va regalar un dels seus somriures rutilants.

Amb el xal pulcrament embolicat amb paper de seda i guardat a l'armari, calia començar a pensar com podíem confirmar que aquells pàmpols granats havien sorgit del pinzell del nen Salvador i, si era així, com podríem demostrar-ho.

Tota la família Romeu es va oferir per ajudar-me en aquesta missió. Amb tants arquitectes, vam poder fer una llista prou àmplia de professionals relacionats amb l'art: pintors, galeristes, taxadors. De moment ningú pensava què faríem si aconseguíem demostrar l'autoria. O, si més no, ningú no en parlava en veu alta.

Mentre els Romeu decidien per on començaríem la investigació sobre l'autenticitat de les roses, jo havia anat llegint coses sobre Dalí pel meu compte. I així vaig saber que només quatre anys després del regal de la senyora Felipa a la meva besàvia, l'Ajuntament de Figueres va encarregar al jove Dalí, de disset anys, el disseny d'una carrossa per a la cavalcada de Reis. Va ser una carrossa espectacular, amb dracs alats que tenien llengües de foc i ulls fluorescents, i va tenir un gran èxit entre els figuerencs. La família Dalí, però, no va poder assaborir-lo perquè la mare havia caigut greument malalta. La senyora Dalí no va poder veure la cavalcada i va morir aquell mateix any.

És a dir que, de ben jove, Dalí ja havia manifestat el seu talent. Potser en aquell moment, però, ningú més que ell estava convençut que el talent esdevindria genialitat.

Aleshores tornava a treure la capsa del xal de l'armari. L'obria i apartava el paper amb delicadesa, només per contemplar les roses que, vistes de molt a prop, semblaven taques de sang.

Estimada Adriana,

Com et vaig dir per telèfon, ja tenim el xal! Ahir vam anar a sopar fora per celebrar-ho. Vam estar en un restaurant a prop del mar. Els Romeu van venir quasi tots i va passar una cosa que no et creuràs. Quin riure.

Resulta que estàvem tots asseguts en una taula rodona rere

els finestrals i va entrar al restaurant un matrimoni, tots dos molt mudats i ben vestits, que van venir de dret a saludar en Joan Antoni i la Francesca. Ja ens havien servit el primer plat i estàvem tots esperant per començar, però aquella dona no parava de xerrar i ja se'ns estava refredant el menjar. Jo, la veritat, no estava atenta a la conversa, perquè la Teresa m'estava parlant d'alguns llibres que havia trobat fent recerca i que em podien interessar. Llavors, tot d'una, tot va quedar en silenci i vaig tenir l'estranya sensació que s'estava produint un moment violent. La senyora que estava parlant amb la Francesca —sentia el perfum de nard des del meu lloc— se'm va adreçar, mirant-me, i em va preguntar:

—I a tu t'interessaria treballar en alguna altra casa? Tens hores lliures?

La Francesca, vermella com un pebrot, va interrompre-la atropelladament:

—Nina, et presento la Griselda. És una neboda d'en Joan Antoni que ha vingut des de Mèxic a passar una temporada amb nosaltres.

Va deixar anar les paraules com si llancés ganivets per clavar-los en una fusta. La tal Nina va deixar anar unes riallades estridents i clarament forçades.

—Ai, noia, perdona! Mira, com que sabia que la Francesca buscava algú que l'ajudés a casa... i al veure't tan moreneta... i t'he sentit parlar amb aquest accent... ai, i ara t'estic parlant en català, que no deus entendre res, disculpa'm, noia... com has dit que es deia?

A mi, potser pels nervis, em va agafar un atac de riure i vaig començar a xerrotejar, dient que jo, per a les feines de casa, soc un desastre, i la senyora se'n va anar, amb el seu marit tot darrere, que semblava força avergonyit.

En Joan Antoni va resoldre la situació demanant un parell d'ampolles de cava i vam acabar passant una bona estona. Vam menjar un peixet molt petit, fregit, que és una delícia. M'agradaria molt que un dia vinguem a Catalunya totes dues juntes, i jo et faria de cicerone i et portaré a menjar peixet d'aquest.

Una abraçada, guapa!

L'Àlex i en Pau

Quan es van conèixer, l'Àlex sortia d'una relació llarga i tempestuosa. L'home de qui s'havia enamorat, a més de ser casat, era el propietari de la cafeteria on treballava, així que quan la història sentimental es va acabar, també es va quedar sense feina.

Durant tres setmanes, va amagar-ho als seus pares. No tan sols no l'haurien compadida, sinó que hauria rebut dues esbroncades monumentals: per haver-se embolicat amb un casat i per haver-se quedat al carrer.

I estava farta d'esbroncades. Baralles a casa entre els seus pares, entre els pares i el germà, entre l'amo de la cafeteria i la seva dona i, tots, amb ella. Amb ella tothom s'hi veia amb cor.

Com que tothom l'havia tractada amb crits i paraules gruixudes, en Pau li va semblar un príncep. Era client habitual del restaurant on va trobar feina —hi anava a dinar el menú dos o tres cops per setmana—, i el considerava la persona més educada i amable del món. Del seu món, almenys.

Quan la va convidar a sortir no s'ho podia creure. Aquell noi amb pinta de casa bona, arquitecte, amb un cotxàs de caure de cul, volia sortir amb ella?

En Pau va deixar les coses clares en començar: no volia compromisos, només volia que tots dos passessin bones estones.

L'Àlex va fer veure que ho entenia. És a dir: ho entenia, però pensava que ja el faria canviar d'opinió. Un home tan afectuós com en Pau seria incapaç de fer-li mal. Era diferent del seu pare, i del seu germà, i de l'amo de la cafeteria. Tot el que hi havia de groller en els altres tres, en Pau ho tenia de respectuós i amable.

L'arribada de la cosina mexicana no li va fer cap gràcia, sobretot quan li va dir que s'instal·laria provisionalment a casa seva. I la noia, tot s'ha de dir, era una autèntica bellesa, tot i que estava segura que ja s'acostava als quaranta.

Però no, de cap manera: com podia posar-li les banyes, en Pau, si li regalava flors cada dos per tres i li enviava missatges de bona nit plens de paraules tendres?

La mexicana, però, feia servir les seves armes i arrossegava en Pau amb excuses estrafolàries, com la recerca d'un xal que havia desaparegut durant la Guerra Civil.

Llavors va començar a trucar-li sovint, a preguntar-li on havia estat, a fer-li morros. Al cap d'unes setmanes, només va haver de collar-lo una mica i va reconèixer que havien dormit junts.

Es va emprenyar com una mona, però al cap d'uns dies —no s'havien tornat a veure més— va adonar-se que estava cada cop menys enrabiada i més trista. I que el disgust no era tant per la infidelitat mateixa, sinó perquè posava en evidència que, al cap i a la fi, en Pau, el seu príncep ben educat, l'home culte i sensible, no era diferent del seu germà i del seu pare, i de l'amo groller i malcarat de la cafeteria on havia treballat.

I hauria de passar molt de temps per oblidar aquest desengany.

Llavors va rebre un missatge molt llarg al mòbil, on en Pau li explicava que de la cosina no n'estava enamorat. Que la nit de sexe amb ella només era una altra manera de demostrar-li el seu afecte. I que si trobava que era millor que ells dos deixessin de ser parella, no era perquè l'Àlex no li agradés, sinó perquè estava clar que tenien dues maneres molt diferents d'entendre les relacions i la vida en general. Que ell, probablement, mai no se sentiria còmode en una parella convencional. Que li agradava fer ús de la seva llibertat sense fer mal a ningú.

I la veritat és que el va entendre i va pensar que, fet i fet, en Pau no era ben bé com els altres.

***

En Joan Antoni em va acompanyar a la galeria d'art d'un amic seu, en ple Eixample de Barcelona. Ell, el propietari, no hi era. Es veu que no hi sol passar gaire temps. Hi havia l'encarregada, una dona encara jove, guapíssima, que va flirtejar amb en Joan Antoni des del primer minut.

Semblava sortida d'una pel·lícula de Woody Allen, elegant i moderna, vestida amb roba caríssima d'aire un xic bohemi. Duia el cabell —castany clar, de color de cafè amb llet— recollit al clatell en un monyo suau, que semblava a punt de desfer-se.

Li vam explicar la història dels besavis i, quan li vam ensenyar fotografies del xal pintat, va deixar anar un devessall d'adjectius: meravellós, diví, fabulós, extraordinari. Semblava realment impressionada.

Tot i això, ens va desanimar una mica pel que feia a les possibilitats de poder certificar l'autoria de les roses. És probable que el Dalí de catorze o quinze anys no tingués el mateix traç que el Dalí adult. Potser ni tan sols els especialistes en podrien identificar l'estil.

Ens va recomanar que de moment no en diguéssim res: no aixequeu la llebre, va dir. Més valia investigar pel nostre compte abans de fer-ho públic o de parlar amb la Fundació Gala-Dalí. Ells mateixos ens podrien proporcionar alguns contactes per mirar d'autentificar la pintura del xal.

En Joan Antoni va buscar paraules de consol perquè pensava que l'opinió més aviat pessimista de la galerista m'hauria desanimat. Però el cert era que havien passat uns quants mesos des de la meva arribada a Catalunya i el descobriment de la història del xal i, en aquest temps, la possibilitat de fer-nos milionaris havia pràcticament desaparegut del meu imaginari i fins i tot la possibilitat de demostrar l'autoria de la pintura començava a semblar-me menys rellevant.

I això que en aquell moment jo encara no sabia que hi havia un altre motiu pel qual el xal de les roses podia arribar a ser transcendental per a mi.

SEGONA PART

Capítol XI

Al petit poble de Zundert, tots els nens i nenes se sabien de memòria la vida i l'obra de la celebritat local, el pintor Vincent Van Gogh.

Entre moltes altres coses, havien après que Vicent va néixer just un any després —el mateix dia— que el primogènit dels seus pares, un nen que també es va dir Vincent i que va morir sent molt petit. Els va impressionar saber que, per anar a escola, el petit Vincent passava cada dia davant d'una tomba que duia el seu nom.

De més grans van saber que hi havia un altre gran pintor que també duia el nom d'un germà mort abans que ell nasqués, Salvador Dalí.

Aquella coincidència va cridar l'atenció a un estudiant de batxillerat que va començar a interessar-se pel pintor figuerenc i es va enamorar d'un quadre seu on hi havia una noia, d'esquena, mirant per la finestra.

En Luuk —llarg i prim com un espàrrec, ulls grisos que de vegades eren verds, cabells quasi blancs de tan rossos, boca grossa, nas gros, nou del coll extremament pronunciada des que havia fet l'última crescuda— va fer el treball de final de batxillerat sobre Dalí i li van posar matrícula d'honor.

Per fer-lo, havia visitat sovint l'Openbare Bibliotheek d'Amsterdam —28.500 metres quadrats en deu pisos, 1,7 milions de llibres—, on va descobrir tota la informació sobre la vida i l'obra de Dalí. De tot, el que més el va impressionar va ser saber que la noia del quadre que l'obsedia era la germana del pintor, l'Anna Maria. Des del començament s'havia imaginat erròniament que era el seu primer amor.

En lloc d'anar a la universitat, en Luuk Brendel va decidir agafar-se uns mesos sabàtics per viatjar a Catalunya. Alguns dels seus amics hi havien estat per passar-hi unes vacances de sol i platja, però ell hi anava seduït per la imatge d'una noia que mirava el mar.

Va visitar el Museu de Figueres, i entre els llibres que va adquirir hi havia *Salvador Dalí vist per la seva germana*, en què l'Anna Maria relatava detalls sobre la infantesa compartida. Va aconseguir imaginar-los a la galeria del pis del carrer de Monturiol, plena de tórtores i canaris i que sempre feia olor de nard.

A Catalunya va passar-hi tres mesos, durant els quals va estudiar tot el que va poder. Va saber que el pintor era amic del poeta andalús Federico García Lorca —en Luuk només en coneixia el nom— i que tots tres —el poeta, el pintor i la seva germana— havien format un triangle, apuntalat en l'amor i en la gelosia. Tres figures en un paisatge blau i blanc.

Va anar a Cadaqués, el poble mariner on els Dalí estiuejaven. La petita vila de cases blanques el va subjugar com només ho fan els cossos joves. Va ser un enamorament fulminant.

De tornada als Països Baixos, en Luuk va començar a estudiar la carrera de Belles Arts, tot i que no tenia cap intenció de ser artista, atès el seu poc talent per a la pintura i les arts plàstiques en general. Només volia aprendre per entendre millor la pintura, interpretar els quadres, aprofundir en la mirada dels creadors.

Va acabar amb un expedient excel·lent. Els seus pares es van mostrar orgullosos però sorpresos. A la família no hi havia ni amants de l'art, ni parets plenes de quadres; mentre els fills van ser petits, no van portar-los a veure cap altre museu a banda del dedicat a Vincent Van Gogh, que era una activitat obligada per a les famílies de Zundert. Però d'on sortia aquella obsessió pel pintor empordanès? Ells el consideraven un personatge estrafolari, amb aquell bigoti i aquells ulls de boig.

En Luuk va començar a enviar currículums a les galeries d'art i als museus i, mentre esperava alguna resposta, anava escrivint i publicant articles en algunes revistes especialitzades.

L'èxit més important va arribar amb la publicació d'un dossier dalinià en una gran revista holandesa. Era un fet excepcional, perquè els monogràfics solien estar centrats en figures del país. La directora de la revista va proposar-li que decidís quina obra havia de figurar a la coberta d'aquell número. Va triar «Noia a la finestra».

Aquell vespre, en Luuk va mostrar la revista a la família. Eren tots a taula, a punt de sopar: el pare, la mare, el germà i la germana. No l'havien vist mai tan content. Va alçar l'exemplar de la revista com qui aixeca un trofeu.

El seu gest triomfal, però, va ser rebut amb un silenci fosc i profund. Després d'uns segons, la mare va allargar la mà i ell va donar-li la revista. La va posar delicadament damunt de la taula i va passar els dits per sobre de la imatge de la coberta. La va acaronar i tots s'ho miraven en silenci.

Aquella nit, a tots els va costar agafar el son. En Luuk va ficar-se al llit i es va barallar amb els llençols, ara a la dreta, ara a l'esquerra. Per la finestra —el porticó no acabava d'ajustar bé— entrava un fil de llum del fanal que hi havia al jardí. Només veia ombres a les parets i al sostre, però hi imaginava animals salvatges com quan era petit. Tossia perquè se li assecava la gola. S'adormia uns minuts i es tornava a despertar, suat, el cabell del clatell xop i enganxat a la pell.

Va començar a ploure. Sentia les gotes com repicaven a la teulada, amb un ritme sincopat, com si acompanyessin una dansa macabra. Es va llevar i va baixar a buscar aigua fresca.

A la cuina, gairebé a les fosques, només il·luminat per la llum tènue que entrava per la finestra, va veure l'esquena vinclada del seu pare, recolzat al marbre, el cap entre les mans. Va estar a punt de girar cua perquè no el volia veure plorar. Veure plorar un home adult és inquietant: veure plorar el pare genera una angoixa profunda.

Es va quedar palplantat al pas de la porta fins que va notar un pes a l'espatlla. Era el braç de la seva mare, que era darrere seu i va empènyer-lo suaument perquè hi entrés.

El germà va arribar del carrer, els cabells esvalotats per la ventada i l'anorac moll, tot esquitxat de gotetes brillants. Se'ls va quedar mirant en silenci.

La mare —s'havia abrigat amb un batí gruixut, de color rosa, duia els cabells rossos recollits en una cua— va ser, com sempre, la més valenta. Va trencar el silenci amb un to de veu que volia ser lleuger però no aconseguia desempallegar-se del manyoc de llàgrimes que tenia a la gola:

—Va, que farem una mica de xocolata calenta. Aneu a despertar l'Amanda.

Després, tots cinc entorn de l'illa que hi havia al centre de la cuina, van beure's la xocolata en glops petits. L'escalfor fosca i dolça els va revifar. La pluja, embravida pel vent, dringava contra els vidres, cada vegada més fort, cada vegada més de pressa.

—Aquella nit també plovia —va dir, finalment, el pare.

La memòria els va arrossegar uns anys enrere quan, tot i ser els mateixos, eren uns altres. La família era una altra: sencera.

Havia fet un dia clar, lluminós, dels que solen haver-n'hi pocs el mes de març, al sud dels Països Baixos. Mentre esmorzaven, el sol entrava a la cuina dibuixant taques d'un groc oliós damunt del marbre. En Luuk, encara amb la tassa de cafè a la mà, va obrir la finestra i va abocar-hi la part superior del cos. L'aire, fred i net, va fer-li voleiar el cabell i li va humitejar els ulls.

—Tanca! —va demanar la seva mare, que només duia un pijama lleuger, estampat de petites papallones grogues.

—Fa un dia fantàstic! —va dir ell, eixugant-se amb la mà les llàgrimes de fred que se li escapaven de la comissura dels ulls.

Va quedar-se uns minuts en silenci, amb la mirada perduda, com solia fer quan rumiava alguna cosa. Tot d'una, com si s'hagués despertat bruscament del son, va dir, amb la súplica amagada al to de veu:

—Algú voldria acompanyar-me a fer fotografies?

Des de feia uns anys, en Luuk s'havia aficionat a la fotografia. Va demanar als pares que li regalessin una càmera bona per al seu aniversari i va apuntar-se a un curs que feien a Breda, a només dinou quilòmetres de Zundert. Aviat va adonar-se que amb la fotografia sí que hi tenia traça. Quan mirava, de seguida veia composicions de gran bellesa o molt originals, contrastos extraordinaris, contrallums exquisits.

Tot i que fotografiar paisatges era molt agraït, tenia predilecció per retratar figures i se sentia satisfet quan algú deia que una fotografia seva «semblava un quadre». És curiós, pensava, tanta ràbia que em fa quan la frase es diu a l'inrevés, quan algú creu que un quadre «sembla una fotografia». No li agradava gens la pintura hiperrealista.

Els seus germans van acceptar de grat, els primers mesos, fer de models per a les seves composicions. Però se'n van anar cansant. En Luuk era un artista extremament meticulós i lent. Podia dedicar més de mitja hora a fer la fotografia que tenia al cap.

Així que, aquell matí radiant, els seus germans van anar escapolint-se un darrere l'altre. L'Amanda va excusar-se perquè havia quedat amb dues amigues per esmorzar. En Nicolaas volia aprofitar aquell inaudit clima primaveral per agafar la bici i fer quilòmetres.

Així que només quedava la Charlotte, la petita, la que mai no tenia l'un no per al germà gran. La Charlotte va acceptar i la seva mare va passar per darrere de la nena i li va acaronar els cabells per agrair-li que fos sempre tan amable, tan ben disposada a ajudar els altres.

La Charlotte tenia quinze anys, però era tan alta que tothom es pensava que era més gran. Era l'única dels germans que tenia el cabell castany i els ulls foscos. Foscos i brillants, com mores d'esbarzer. El cos més aviat robust i una pell daurada que les seves amigues, totes blanques com la llet, li envejaven.

Els dos germans van passar tot el matí fora de casa, buscant racons pel bosc que tenien a prop. Trobaven una clariana, amb un avet frondós de branques gegantines, les més baixes queien fins a tocar a terra. En Luuk deia: aquí! I començava la interminable sessió per aconseguir la fotografia que imaginava. Arramba't al tronc, així, ara recolza-hi l'esquena. Gira't una mica, mira a la llunyania, com si veiessis un cérvol. Així! Ara de costat, inclina una mica el cap. Això mateix, quieta. I la Charlotte, amb la seva paciència infinita, obeïa les indicacions dòcilment.

De tant en tant, la noia demanava un descans i s'asseien en unes pedres. En Luuk fumava un cigarret i ella feia un glop d'aigua fresca. Xerraven una estona. La Charlotte tenia problemes a classe d'alemany. El professor era molt desagradable. En canvi, li agradava molt la filosofia. En Luuk recordava la professora de l'assignatura, que ell també havia tingut. Encara és viva?, preguntava, i reien tots dos.

Van tornar a casa cap al migdia. El pare cuinava, la mare treballava al jardí. Van entrar a la cuina i van beure llimonada. I llavors en Luuk li havia demanat encara una última fotografia. L'última! T'ho prometo!

La va fer anar fins a la finestra, que havia obert de bat a bat. «Ara recolza't a l'ampit i mira defora.»

—Però, com? —va dir la Charlotte, sorpresa—. D'esquena? Em faràs la foto d'esquena?

—Sí. No et moguis. Però relaxa't. Vull que es noti que estàs tranquil·la, que gaudeixis del paisatge i d'aquest dia tan maco que fa. I si creuessis una mica les cames? Així, Lotte, així!

Quan la Charlotte va veure la foto de la finestra al visor de la càmera, va quedar entusiasmada.

—M'agrada molt! És la foto més bonica que m'has fet mai, Luuk! Si me l'amplies, me la penjaré a l'habitació.

Ell va somriure i va fer que sí amb el cap. Només faltaria! Va deixar la Charlotte a la cuina i va pujar a la seva habitació —els esglaons de dos en dos, com sempre—. Va deixar la càmera amb molta cura damunt de la taula on estudiava i es va estirar al llit. Va recrear el matí que havien passat al bosc i la tornada a casa. La flaire que se sentia des de fora: llegums estofats amb carn de porc i de xai, va pensar. Un dels plats preferits del seu pare. La seva mare, agenollada davant de les tulipes, que ja havien començat a florir. N'hi havia de grogues i taronges, de vermelles, de morades. I les preferides de la mare, de color rosa, amb les vores de les fulles de color de préssec.

Va recordar que havia entrat a casa pensant que era afortunat per tenir aquella família, aquella casa, aquell jardí. Que no acabava d'entendre per què els seus amics el jutjaven per això. Per què trobaven estrany que no volgués marxar de casa, com ja havien començat a fer els altres. De fet, hi havia dies que sí que ho pensava, esclar, dies que trobava que en Nicolaas era insuportablement brut i desordenat o que la seva mare el feia posar nerviós, preguntant-li on anava i d'on venia. Però aquell migdia de març s'havia sentit afortunat.

No podia preveure que, anys després de la tragèdia, pensaria que tot havia estat culpa seva. Que la mort els havia anat a visitar per destruir aquella idea absurda que la felicitat és possible. Era com si una força superior i poderosa —els creients l'anomenen Déu o amb altres noms— hagués decidit posar-lo al seu lloc amb un cop sec: qui t'has pensat que ets, per creure que ets afortunat? Quin pecat de supèrbia pensar que tindria per sempre aquella família perfecta, aquella casa acollidora, que el món era un jardí ple de tulipes de colors!

A l'hora de sopar, la Charlotte va demanar als seus pares si podia anar a dormir a casa d'una amiga. Havien d'acabar un treball per a l'institut i així no hauria de tornar a casa passada la mitjanit. Els pares van accedir-hi però, com que s'havia posat a ploure, van demanar-li a en Nicolaas, que ja tenia carnet, que l'acompanyés amb un cop de cotxe.

El telèfon va sonar de matinada. Ell, en Luuk, no es va despertar amb la trucada, però sí quan va sentir els crits i els plors de la seva mare. La Charlotte no havia anat a casa d'una amiga, havien sortit amb uns nois més grans, que tenien cotxe.

S'havien estimbat passades les quatre, en un moment que plovia a bots i barrals. El cotxe va caure daltabaix i les dues noies van morir a l'acte. El noi que conduïa va morir dos dies després, a l'hospital. Al que anava de copilot li van haver de tallar una cama, però va sobreviure.

Després d'allò, en Luuk —i no es va poder treure mai del damunt la idea que havia estat un covard— va marxar a estudiar la carrera a Estocolm, per poder estar lluny de casa. Els dies tan curts, els cels de color de plom i les nevades abundoses el van acompanyar durant aquells anys.

La primera vegada que va tornar a casa va haver de fer un esforç colossal per creuar el jardí, posar la clau al pany i obrir la porta. Va sentir-se alleugerit en veure que els pares i els germans no havien mudat l'aflicció en amargura i, tot i que amb menys rialles, la casa continuava sent acollidora.

A l'últim moment abans de tornar a marxar, la mare li va dir si volia entrar a l'habitació de la Charlotte, ara convertida en l'estudi on el seu pare passava hores fent puzles gegants —l'única activitat que el relaxava— i ella hi teixia jerseis i bufandes massa llargues. Hi havia un equip de música amb un plat per escoltar els vinils, perquè els seus pares no volien de cap manera abandonar-los i passar-se a Spotify. A la paret hi havia penjades, l'una al costat de l'altra i emmarcades igual, cinc fotografies de la sèrie que en Luuk havia fet aquell dia.

La Charlotte recolzada al tronc de l'avet amb els ulls baixos; la Charlotte abraçant el tronc amb un gran somriure; la Charlotte amb les cames i els braços oberts, mirant al cel; la Charlotte en el moment just que acabava de llançar enlaire un grapat de fulles i li queien al damunt de la cara i del pit; la Charlotte d'esquena, recolzada a la finestra. La fotografia que, anys després, a la coberta d'una revista, havia fet emmudir la família.

Capítol XII

Durant uns anys, en Luuk va viatjar per tot el món. Feia conferències sobre Dalí, negocis amb galeries d'art i artistes, crítica d'art a diaris i revistes i fins i tot havia fet d'assessor per a algunes cases de subhastes. El seu nom era reconegut a molts països europeus i també als Estats Units.

En la seva agenda atapeïda hi havia dues cites anuals sagrades: una a casa, a Holanda, per veure els pares i els germans, i una altra a Catalunya, per mantenir el contacte amb la Fundació Gala-Dalí i amb els especialistes del país sobre l'obra del pintor figuerenc.

Va ser en una d'aquestes estades a Catalunya que el seu amic Ignasi Thió, propietari de dues galeries amb el seu nom, una a Barcelona i l'altra a Girona, va demanar-li si volia conèixer una família que creien que havien descobert una obra inèdita del Dalí adolescent.

En Luuk va acceptar immediatament la proposta. La possibilitat de descobrir una obra inèdita de Dalí era molt estimulant, tot i que hi confiava poc. En els darrers anys havia tingut notícia de presumptes Dalís que acabaven sent falsos, cosa que resultava molt frustrant. Havia après a no fer-se gaires il·lusions.

L'Ignasi Thió era igualment escèptic, però tot i així va

concertar una cita entre en Luuk i els Romeu en un restaurant gironí. Era un divendres de juliol al vespre. Com que la temperatura era agradable, va decidir reservar taula a la terrassa, que quedava elevada damunt del riu. El cel era d'un blau marí quasi negre, amb una lluna que resplendia entre núvols prims i escassos. El cambrer el va rebre amb amabilitat:

—Quin vespre tan esplèndid, oi, Ignasi?

Era un client de feia molts anys i entre tots dos sempre hi havia hagut un tracte molt cordial. El cambrer era fill de Fortià, el poble on l'Ignasi Thió tenia la casa d'estiueig.

—Sí, Llorenç, és una nit fantàstica. I amb aquesta lluna!

Els dos homes van quedar-se per un moment encantats mirant els reflexos de plata damunt del riu. Però, per més que tots dos havien coincidit a comentar la bellesa d'aquella nit gironina, cap dels dos no era conscient (com podien intuir-ho?) que estaven a punt de ser testimonis d'un moment decisiu.

Estimada Gris,
Et trobo a faltar. Aquesta setmana tenia revisió amb l'oncòleg i he passat uns nervis terribles. No vull que et sentis malament, però m'has fet molta falta. Al final m'hi va acompanyar l'Angélica perquè el meu home no podia. Està tot bé.
Adriana

La Gris i l'Adriana: agafades de la mà

Les sessions de químio eren cada tres setmanes. Tothom volia acompanyar l'Adriana: la mare, el pare, les ties, però ella només volia la seva germana. El primer dia la Gris va portar novel·les, labors de punt de creu, mots encreuats, però l'Adri es cansava de tot. Eren sessions molt llargues i l'Adriana s'hi posava molt nerviosa. La Gris xerrotejava per distreure-la, sovint recordant quan eren petites, perquè li semblava que recuperar aquells anys relaxava la malalta, que tancava els ulls i somreia beatíficament. Te'n recordes quan jugàvem a nines, a la xarranca, a saltar a corda, a les cuinetes?

—A mi, el que més m'agradava eren les nines de retallar.

L'endemà mateix, la Gris va recórrer tot Puebla buscant-ne: papereries, botigues de joguines, quioscos... fins que en va trobar en un basar de barri, d'aquells que hi ha de tot i que tenen el gènere amuntegat i els aparadors atapeïts.

Va arribar a casa eufòrica: n'he trobat, Adri! He trobat nines per retallar! I a partir d'aquell dia passaven tardes senceres, armades amb tisores, retallant vestits amb pestanyes que després enganxaven damunt de les nines. Hi havia vestits de nit, disfresses, vestits d'època, models estiuencs, abrics de pells.

Posaven música a poc volum i la taral·lejaven baixet mentre feien anar les tisores. De tant en tant, la Gris alçava la mirada i veia que l'Adriana havia emmudit, que estava empal·lidint.

—Et trobes bé?

L'Adriana corria al bany i la Gris la sentia vomitar. Després obria l'aixeta i es refrescava la cara. Tornava a aparèixer al pas de la porta, amb un somriure trist, encara regalimant gotes d'aigua.

—Mira! A la nina de les trenes li he posat l'uniforme d'escola...

No parlaven de res. La malaltia no existia i elles tornaven

a ser dues nenes petites, jugant a casa dels pares. L'Adriana no volia rebre visites, no acceptava que ningú més li fes companyia. Les dues germanes creaven una bombolla que la protegia del tràngol que estava passant.

El dia que l'oncòleg va pronunciar les paraules màgiques, remissió completa, l'Adriana va arribar a casa i va anar directa a buscar les nines de retallar. Va agafar els papers, les tisores, els llapis de colors, i ho va llençar tot a les escombraries.

—Ja no em faran falta.

***

A la cita al restaurant gironí hi vam anar en Joan Antoni, en Pau i jo. Vam haver de travessar el menjador per anar fins a la terrassa. M'havia posat un vestit de tirants, de color verd poma, que m'havia comprat a Figueres el dia abans. Mentre travessàvem el local vaig confirmar que havia estat un encert, perquè el restaurant era luxós i tothom anava molt ben vestit; tret d'en Pau, que no s'havia mogut dels texans i la samarreta.

A la taula hi seien dos homes. Un era el propietari de la galeria, l'Ignasi Thió, que segons em va explicar després en Pau, responia exactament al model de barceloní ric més o menys intel·lectual que estiueja a l'Empordà. Bronzejat esplèndid, camisa de fil blanca, bermudes i sabates nàutiques. El cabell, gris i lleugerament ondulat, força llarg i pentinat enrere. Les ulleres de vista cansada penjant damunt del pit i un somriure amable.

Tant ell com el seu acompanyant es van posar drets per saludar-nos. En Joan Antoni em va presentar el jove entès en l'obra daliniana que ens havia d'assessorar. Era molt alt i molt ros. Duia una barba retallada tirant a pèl-roja i tenia els ulls clars. Era holandès.

Després de les presentacions, l'Ignasi Thió va encetar la conversa en anglès: *Do we use English or do you prefer Spanish?*

L'holandès va avançar la resposta mentre tornava a seure: Per mi podem parlar en català... si és que no et representa un problema, Gris.

No, no em representava cap problema, vaig aclarir. Ho entenc tot, però encara em costa parlar-lo.

Tot i que al primer moment vaig interpretar la seva pregunta com un gest de condescendència, també em va causar bona impressió que aquell holandès, que només havia fet breus estades a Catalunya, parlés aquell català tan acceptable.

Sempre m'han agradat les persones entusiastes. I en Luuk demostrava emfàticament el seu entusiasme per la pintura i la personalitat de Dalí. Tot i així, darrere d'aquella vehemència, hi havia amagada una certa recança. Ho notava sobretot en el seu posat abstret quan acabava de parlar i parlàvem els altres.

Tota aquella exaltació en parlar de les seves investigacions es va fondre fins a gairebé desaparèixer quan jo vaig explicar la història familiar del xal. M'escoltava amb atenció, però va mantenir en tot moment una actitud freda, distanciada, com si no m'acabés de creure. Em va créixer un enuig que no podia controlar i em vaig penedir de l'admiració amb què, una estona abans, havia seguit la seva dissertació.

Vam quedar entesos per veure'ns i mostrar-li el xal. En arribar a casa, en Pau em va fer una breu abraçada de bona nit mentre em xiuxiuejava a l'orella: crec que al guiri li has agradat. Primer em va haver d'aclarir què volia dir *guiri* i després vaig negar-li rotundament la seva sensació. Li vaig confessar que, ben al contrari, jo havia intuït que ni jo ni la història del xal no l'havíem impressionat gens ni mica.

Em va costar adormir-me. Pensava, amb una gran estranyesa, quina mena de destí ens havia portat, a aquell holandès i a mi, a coincidir en aquest petit país del sud d'Europa. Ell segurament no havia estat mai a Mèxic. Jo tampoc no coneixia Holanda. I ara, ens havíem conegut i parlàvem entre nosaltres en català.

Aquell home m'intrigava. Era com una col·lecció d'interrogants. Per què s'havia apassionat per la pintura de Dalí? Què hi havia darrere de la seva mirada taciturna, que per alguna raó intuïa que no era així des de sempre? D'on sorgia la seva dèria pel quadre «Noia a la finestra?». Per què, malgrat el seu recel obvi envers la història del xal pintat, acceptava l'encàrrec d'estudiar-lo?

Volia saber qui era. I volia saber per què volia saber-ho tot d'ell.

L'Angélica

No només era la petita, era la «més petita», perquè les seves germanes anaven totes seguides, i ella va tardar més anys. Sospitava que els seus pares ja havien decidit no tenir més fills i que ella va arribar inesperadament: la torna.

D'adolescent, sovint es queixava de tenir cinc mares. Però ho feia amb la boca petita perquè li agradava sentir-se tan protegida, tan agombolada. No hi havia problema o dubte que alguna de les seves germanes no pogués solucionar-li: posar-se els tampons, fer les equacions i les derivades, acompanyar-la a comprar roba, consells d'amor.

Sempre va tenir la salut més delicada que les altres. Asma, al·lèrgies diverses, escoliosi. Quan va tenir el seu primer fill, el metge li va recomanar que no repetís. «No tens salut per tenir-ne més.» Ella va mirar el seu home i amb la mirada li va anunciar, assegurar, que no pensava fer cap cas de la recomanació mèdica. Havia nascut per ser mare, volia una família nombrosa com la seva. I en Leonardo li va sostenir la mirada, que era com dir-li que sí, que hi estava d'acord, i que ell li faria costat.

I a fe de Déu que va necessitar-lo. Cada embaràs eren nou mesos de nàusees, debilitat i vòmits. Cada part era una ferida de guerra per al seu cos. El seu home —«un sant baró», deien les germanes— es feia càrrec dels nens, d'ella i de la casa. Mai no en va estar del tot enamorada, però l'amor d'ell era tan gran que n'hi havia per a tots dos.

Primer va néixer una nena. Li va posar Sara, com la seva millor amiga de la infància, que havia marxat a viure als Estats Units. Feia dècades que no es veien, però mantenien contacte a través del Facebook i amb trucades esporàdiques. La Sara, deia l'Angélica, va ser el seu primer abandonament.

Després va arribar el nen, Manuel, en honor al seu sogre. Una altra nena, Virginia, com la seva sogra. El quart s'havia de dir Arturo, com el seu pare, que acabava de morir. I el cinquè, que l'Angélica sabia que era l'últim, va voler que es digués Leonardo, Leo, com aquell «santo varón» que l'estimava i la cuidava.

El segon abandonament va arribar de la pitjor de les maneres i va ser un cop de puny, una maçada. El seu cunyat metge la va agredir en un ascensor. Va ser el moment més esfereïdor de la seva vida. Encara tenia nits d'insomni amb les mans peludes i amples d'aquell home tocant-li els pits com si pastés massa mare.

Algunes de les germanes es van enfadar molt, però quan la mare va dir que la decisió l'havia de prendre la Gabriela, i la Gabriela va dir que no pensava fer res, totes van callar. La mare, la germana gran que sempre estava pendent d'ella, la Camila, companya d'habitació, que a les nits li explicava contes de princeses perquè s'adormís. Totes la van abandonar.

I encara, un temps després, un dia qualsevol, va sentir de passada una conversa de les germanes. Es lamentaven que, des que havia passat «allò», les trobades familiars ja no havien tornat a ser mai com abans. No van dir que ella en tingués la culpa. Però.

***

Estimada Adri,

No saps com em va doldre el teu darrer correu. Tan trist, tan eixut.

Ho entenc. T'entenc. No té cap sentit que m'estigui aquí, tan lluny de tu, obsessionada amb una relíquia familiar, amb un —al cap i a la fi— bocí de roba, quan et faig tanta falta.

He decidit volar a Puebla d'aquí a una setmana. Ja tinc el bitllet. Abans vull tornar a veure en Luuk Brendel, l'especialista holandès en la pintura de Dalí de qui et vaig parlar. Vull presenciar la seva reacció quan vegi el xal i escoltar les seves explicacions, tant si considera que és autèntic com si no. Quan tingui la seva resposta ja podré marxar i després, tranquil·lament i amb tota la família, decidirem què cal fer.

No podia quedar-me aquí eternament, oi? He de tornar a plantejar-me la meva vida professional i necessito veure la família, abraçar la meva nebodeta i xerrar i xerrar amb tu... prepara't, perquè et posaré el cap com un timbal.

Gris

La segona trobada amb en Luuk Brendel va ser tant o més inquietant que la primera. Vam reunir-nos a casa d'en Joan Antoni i va arribar gairebé mitja hora tard. L'esperàvem tots asseguts al voltant de la taula del pati, on hi havia la capsa que guardava el nostre presumpte tresor dalinià.

En Luuk ens va mirar a tots, aquella àmplia representació familiar (en Joan Antoni i la Francesca, en Lluís i la Marga, en Joan i la Teresa i en Pau i jo) que romaníem quiets i en silenci, i ens va demanar disculpes pel retard, amb aquell català seu tan peculiar: empordanès amb accent neerlandès.

El seu fer em va semblar encara més adust que en el sopar compartit a Girona. No parava d'acaronar-se la barba, sense aixecar gairebé la mirada. La simpatia dels Romeu no va ser suficient per trencar el gel de la trobada i estàvem tots una mica tensos.

Finalment va ser en Joan Antoni el que va posar fil a l'agulla: es va posar dret i va obrir, lentament, diria que gaudint el moment, la capsa que hi havia damunt la taula. Ho va fer en silenci, i tots els altres miràvem els seus gestos, com hipnotitzats. Va separar els fulls de paper de seda, va agafar delicadament el xal amb una mà, amb l'altra va apartar la capsa i, finalment, va deixar estesa la peça de roba damunt la taula.

En Luuk havia esperat, impassible, i només quan el xal va quedar ben a la vista, es va incorporar i va acostar-s'hi. Tot en silenci. Jo estava segura que en Pau estava a punt de deixar anar una rialla. Un riure nerviós dels que provoca la tensió excessiva. L'escena era pròpia d'una pel·lícula de suspens.

A poc a poc, ens vam anar posant tots drets. Ens manteníem a una distància prudencial de la taula i ens limitàvem a esperar a veure la reacció de l'holandès.

En Luuk es va estar una bona estona sense fer res, només mirant. Després va posar la mà dreta damunt del xal, a l'extrem, i en va acaronar els serrells. Va tornar a separar-se'n una mica, com per agafar perspectiva, sense deixar mai de passar-se els dits per la barba.

—És una peça molt bonica —va dir, finalment.

I tots vam respirar, alleugerits, no tant perquè la frase fos gaire significativa, sinó perquè el silenci ja començava a resultar aclaparador.

Després d'aquelles paraules, en Luuk va estar encara una estona més mirant el xal, girant-lo cap a la dreta o cap a l'esquerra, aixecant-lo i mirant-se'l a contrallum.

Llavors va dir, sense canviar ni per un segon l'expressió críptica, gairebé sorruda:

—Bé, doncs: ja està vist.

Silenci. Estàvem astorats, incrèduls. Ja està vist? Allò era tot el que pensava dir del nostre meravellós i enigmàtic xal?

En Joan Antoni va tornar a fer un pas endavant:

—I què trobes? Què ens en pots dir?

En Luuk va alçar —llavors sí— la mirada, que va passejar pels nostres rostres expectants, i va dir, gairebé xiuxiuejant:

—De moment, res. No us en puc dir res, tret que és un xal preciós. Me l'hauria d'endur i estudiar-lo a fons, si voleu saber si les roses les va pintar en Dalí.

Vam parlar tots alhora. Sí, esclar que ho volíem saber!

Aquell home feia perdre la paciència a qualsevol. Això sí: parlava amb tanta contundència que acabava de deixar clar que de moment no ens diria res de concret.

Després de signar un contracte pel qual es garantia la preservació del xal, en Joan Antoni el va acompanyar a la porta, amb la capsa a sota el braç. Un cop en Luuk va haver marxat, en Pau ens va fer saber que la cosa havia anat molt bé. A parer seu, si en Luuk hagués vist clar que l'autor no era en Dalí, sí que ens ho hauria dit immediatament. Potser tenia raó. Hi havia esperança, doncs.

Vaig aprofitar el moment per anunciar a la família que me'n tornava a casa. Es van sentir laments i expressions de sorpresa.

—Tornaré —vaig assegurar—, però no us puc dir quan. Espero que em mantingueu informada de les novetats.

Capítol XIII

A primers d'agost vaig enlairar-me cap a Mèxic. Mirant els núvols, vaig pensar que tornava a casa sent una persona diferent de quan en vaig marxar. Conèixer persones i cultures noves sempre ens canvia, però no es tractava només d'això. Era com quan marxes d'un lloc i tens la sensació que t'hi has deixat alguna cosa important.

Potser se m'havia encomanat aquest sentimentalisme català del qual, segons havia llegit en algun lloc, en Josep Pla havia renegat tantes vegades. Això és el que devia pensar de mi la meva germana, sens dubte.

Les anades i vingudes, fer maletes, dir adeu, tot em feia pensar en el meu avi. Però jo vaig deixar Mèxic per decisió pròpia i ara hi tornava també perquè volia. Aquesta era la diferència entre el meu avi i jo.

A Puebla, em vaig instal·lar —ja no tenia pis— a casa de la mare. Això sí que em va fer sentir estranya i incòmoda. No es tractava de la frustració de tornar a casa dels pares després d'un fracàs matrimonial, era més aviat el neguit de sentir-me desubicada. A Figueres no hi tenia més arrels que les que s'enfonsaven al cementiri on reposaven els meus avantpassats i ara, a Mèxic, tampoc no hi tenia un lloc que pogués considerar meu. Al pis de la mare hi vaig retrobar alguns mobles i objectes que en Darío hi havia portat mentre jo era fora i, a banda d'això —un escriptori, un parell de quadres, la vaixella de ceràmica que ens havien regalat quan ens vam casar— i d'un parell de maletes amb roba que portava jo, no tenia res més. Amb prop de quaranta anys, la meva vida cabia en dos metres quadrats.

La retrobada amb la família va durar hores i la vam fer a casa els avis, on ara només hi vivia la tia Inés. La família ha crescut tant que quan ens hi reunim, el menjador es fa petit. Aquella aglomeració de gent, un cap recolzat als genolls de l'altre, el braç que queda despenjat damunt de les espatlles del que seu al costat, els cabells llargs i foscos de la més jove escampats damunt de la falda de la tia, els més menuts que van passant dels braços de l'un als braços de l'altre... De vegades semblem un quadre, un retrat de grup desordenat, o potser s'hi podria veure una cadellada o una pila d'andròmines que s'han guardat a les golfes i que acumulen pols i memòria.

Cap al tard, quan algú ja feia el gest de marxar, en Miguel, un dels meus cosins bessons, fills de la Gabriela i el metge abusador, es va posar dret i ens va demanar que ningú se n'anés encara, feu una mica de silenci, si us plau, que us vull dir una cosa.

En silenci l'observàvem, provant d'endevinar en el seu rostre si ens esperava un anunci feliç o una mala notícia. En Miguel ens va comunicar que s'havia enamorat —somriures generalitzats, ell que fa un gest amb les mans perquè ningú no es mogui.

—M'he enamorat i la meva parella es diu Javier.

Mentre els cosins ho celebràvem, les ties s'havien quedat glaçades, ho notava en les seves mirades i en el seu silenci inaudit. Vaig agrair mentalment a en Miguel que s'hagués esperat que el seu pare no hi fos per evitar-nos a tots plegats una escena violenta.

La tia Angélica li va fer un petó:

—Si tu ets feliç...

Era un beneplàcit resignat. La van imitar la Camila i la meva mare, amb el mateix to. La seva mare, la Gabriela, havia empal·lidit però va trobar la força suficient per parlar.

—N'estàs segur, fill?

Ell va fer un enèrgic moviment afirmatiu.

—No ho sé... mai no m'ho hauria imaginat, que t'agradessin els homes. No sé d'on ho deus haver après.

En Miguel volia respondre, però la tia Inés s'havia incorporat i la seva expressió deixava ben clar que volia parlar i que res no podria aturar-la.

—Això no s'aprèn, Gabriela. Això se sent.

—Què sabràs tu...

Les dues germanes es van sostenir la mirada. La duresa de les faccions de l'una i l'altra em van sorprendre.

—Ho sé, em pots ben creure.

L'última resposta de la Inés va passar per alt a tothom. L'impacte de la sortida de l'armari d'en Miguel havia trasbalsat a uns i emocionat a uns altres, ningú no s'havia quedat al seu lloc i la sala era un bullidor. Però jo vaig quedar-me observant la meva tia actriu. L'única de les germanes Azuera que no s'havia casat, fet que tots atribuíem a la vida bohèmia que sol comportar dedicar-se al món de la faràndula. La imaginàvem enamorant-se contínuament, tenint una breu història d'amor amb cada un dels seus partenaires del teatre o de la tele.

Tanmateix —hi vaig caure en aquell moment—, no l'havíem vist mai acompanyada, tret de les estrenes a les quals assistia del braç d'un actor del repartiment o del director.

Em vaig recordar de la carta que m'havia escrit la meva germana mentre jo era a Figueres, on m'explicava, com si es tractés d'una notícia explosiva, que havia vist la tia Inés amb un home. Ens havia cridat molt l'atenció.

Però la revelació del meu cosí ho canviava tot. És a dir, la reacció de la Inés davant d'això. A poc a poc, com una llumeta entre les tenebres, la idea que la meva tia fos lesbiana es va anar obrint pas i, tot d'una, tot començava a encaixar, com les peces d'un trencaclosques.

Mentre rumiava tot això, algú havia tingut una bona idea per relaxar el clima que s'havia creat en aquella reunió després de l'anunci sorpresa. Havien buscat un projector i havien buidat un pany de paret que faria de pantalla. Feia molt de temps que no tornàvem a mirar les velles pel·lícules familiars.

—Per on comencem? —preguntava en Carlos, oferint-nos el ventall de possibilitats com si fos la carta d'un restaurant—. Un dels casaments? Una comunió? De fa deu anys? Vint? Trenta?

La meva mare va formular una petició:

—Una d'antiga, que hi surtin els avis, si us plau!

La proposta va tenir èxit i els aplaudiments i els xiscles d'alegria van omplir per fi el silenci estrany que s'havia instal·lat a la casa.

Van apagar els llums i es va sentir aquell sorollet —clac, clac, clac— que fa el projector quan la roda amb la pel·lícula comença a girar.

La primera imatge que es va veure era el saló de casa els avis, o sigui, el lloc on ens trobàvem en aquell moment.

Havien canviat algunes coses: el sofà era blau, de tres places, amb dues butaques de conjunt, en lloc dels dos Chesters de pell marró que hi havia ara; la tauleta baixa de centre, rectangular, amb el sobre de vidre, s'havia substituït per tres de més petites, de fusta clara. Les cortines de lli de color beix havien desaparegut feia anys i ara, a la balconada, hi havia estors japonesos d'un blanc lluminós. La diferència primordial, però, era que els avis, que actualment presidien l'estança des de sengles retrats fets a carbó i penjats l'un al costat de l'altra, a la pel·lícula de súper-8 eren vius, encara jovenassos, i que les seves filles, que ara superaven totes la seixantena, eren aleshores unes nenes bufones, amb unes trenes llargues i fosques, vestides totes igual: faldilla blau marí prisada i brusa blanca de màniga curta i coll rodó.

La càmera les enfocava, totes assegudes al sofà, mostrant els genolls bronzejats i escardalencs, els mitjonets curts blancs i les ballarines de xarol.

—M'agradaria tant tornar-hi— va dir la mare, deixant anar un sospir sorollós—, érem tan feliços!

Tot d'una, la pel·lícula va començar a tremolar, es va aturar i vam veure com, al centre de la imatge, hi apareixia una taca negra que s'anava engrandint.

—S'està cremant! S'està cremant!

Tot van ser xiscles, algú va obrir els llums i el meu cosí va aturar el projector.

—No érem tan feliços —va dir aleshores, entre el xivarri, la tia Inés. La tenia asseguda a prop i ho vaig sentir perfectament. També l'havia sentida la seva germana Gabriela.

—Què dius, Inés? Què vols dir?

La Inés es va posar dreta. Vaig mirar de trobar en la seva

expressió algun rastre de la nena dels ulls ametllats que acabava de veure a la paret.

—No érem feliços —va tornar a dir, tothom estava en silenci—. Només ho semblava.

Estimada Gris,

Com estàs? Com ha anat la tornada a la teva estimada Puebla? I la teva família? Aquí et trobem molt a faltar.

Et reenvio el correu que hem rebut d'en Luuk Brendel. Com veuràs, encara no hi ha revelacions definitives, però estic segur que t'interessarà llegir-lo.

T'aniré informant a mesura que ens faci arribar les conclusions de la seva investigació.

Una abraçada gegant,

Pau

Benvolguts Joan Antoni i família,

Com ja us vaig comentar, la investigació per aconseguir determinar l'autoria de les magnífiques roses pintades al xal de seda necessitarà temps i paciència. He pogut ensenyar la peça a dos entesos de primer nivell i puc aportar-vos ja unes primeres conclusions.

Tots dos coincideixen a confirmar —una opinió a la qual m'afegeixo— que les roses van ser pintades entre la primera i la segona dècada del segle passat. Com que Dalí va néixer l'any 1904, podem dir que, en principi, pel que fa a la coincidència temporal, les roses les va poder pintar en Dalí quan era adolescent, així que tenim una primera informació positiva a favor de la versemblança de la vostra «llegenda» familiar.

En absència de signatura, n'haurem de deduir l'autoria a partir de la pinzellada. Això seria, perquè m'entengueu, com un estudi grafològic. Els grafòlegs estudien la grafia, la lletra, de la mateixa manera que nosaltres estudiarem la pinzellada.

Us aniré informant.

Salutacions a tota la família,

Luuk

L'amor (?) de la Camila i l'Alejandro

A Puebla tothom sabia que una de les filles del senyor Azuera, la Camila, tenia un talent excepcional per a la música. Tocava el piano i el violí i, quan es posava a cantar, semblava que aquella nena tímida, la menys agraciada de les germanes, es fes fonedissa i prengués vida un ésser extraordinari i seductor.

Tothom donava per descomptat que es dedicaria professionalment a la música. La imaginaven fent concerts de piano o de cant per tot el país o formant part d'una de les orquestres més importants de Mèxic.

Per això, quan la Camila va dir que volia ingressar al Conservatori de Música de Puebla, el pare Azuera ho va aprovar i la família sencera va agafar per costum assistir a totes i cadascuna de les exhibicions que feien els alumnes d'aquesta prestigiosa entitat.

Les coses es van torçar —des del punt de vista del matrimoni Azuera— a l'últim curs del conservatori, quan la Camila va començar a sortir amb una colla de *melenudos* i *mariguanos*, en paraules de la seva mare. Pitjor encara, esclar, quan van descobrir que la seva preciosa concertista de piano s'havia enamorat d'un d'aquells aprenents de *rockers*.

El noi en qüestió era l'Alejandro Areces, fill d'un empresari de la restauració molt conegut a Puebla. Aquest detall ja va calmar una mica els ànims dels pares de la Camila i la seva predisposició va millorar notablement quan la banda que liderava el noi va aconseguir un èxit impressionant amb el seu primer concert a la ciutat.

Després d'allò ja va venir la relació amb la família Areces, el casament, el naixement de la petita Lucila i el descobriment de la Camila que ser la parella d'un músic l'obligaria a passar sola (amb la nena) molts mesos l'any. L'Alejandro sortia de gira, primer per Mèxic, després per altres països de l'Amèrica Llatina i, finalment, també als Estats Units.

Mentre la nena va ser petita, l'arribada a casa del pare músic era un esdeveniment ple d'alegria. Venia carregat de regals i es mostrava feliç de ser a casa, en companyia d'elles dues. Li costava tornar a marxar.

Però a mesura que van passar els anys, les gires de l'Alejandro van ser cada vegada més llargues («Com que després de Xile tinc una tanda de concerts a Buenos Aires, no tornaré a casa fins que ho hagi fet tot, estic fart d'avions»). Quan tornava, la Camila es queixava, li retreia la falta d'interès per la nena, es barallaven; l'Alejandro estava de mal humor, bevia més del compte, perdia la paciència amb facilitat. La majoria de les vegades s'acabava amb una reconciliació al llit la nit abans que ell tornés a marxar.

En ocasions, alguna de les seves germanes preguntava obertament a la Camila si no li feia por que, com era habitual en el món del rock, el seu home tingués aventures amb les joves seguidores de la banda. Ella es limitava a arronsar les espatlles: «Si ho fa, no vull saber-ho».

Quan l'Alejandro era a casa, els Azuera miraven d'organitzar alguna trobada familiar, però la Camila va acabar confessant que s'estimava més que no ho fessin perquè, si s'havien de reunir amb la família, hi havia raons a casa: «Per quatre dies que vinc no en vull perdre un a casa dels teus pares. Cada vegada som més i és realment insuportable el xivarri que s'hi organitza».

Finalment, la Camila va admetre a les seves germanes que temia les visites del marit. «Els dies abans ni dormo ni menjo.» La Inés va ser l'única que va formular la pregunta que resultava òbvia: «I per què no et separes?». La Camila feia que no amb el cap, després que sí, i balbucejava: encara l'estimo.

***

El correu d'en Luuk era optimista, però la veritat és que no vaig fer-ne gaire cas perquè la família Azuera estava passant una època difícil i volia estar per ells.

Després de la seva revelació, la Inés havia anunciat que no tornaria a amagar-se més. El verb dissimular, va dir, ja no formava part del seu vocabulari.

Dit i fet, al cap de pocs dies va concedir una entrevista a una revista de difusió nacional, on admetia sense embuts la seva homosexualitat. Aquesta nova sortida de l'armari —ara en sentit ampli— va instal·lar-li un somriure perenne al rostre, però va ser rebuda amb hostilitat manifesta per les seves germanes.

L'Adriana i jo li fèiem costat. En això estàvem d'acord, però en tota la resta, la nostra relació no havia tornat a ser la d'anys enrere. Podia notar el seu recel cada vegada que jo anomenava la família catalana.

Jo encara no sabia si tornaria a Catalunya. No havia decidit res respecte al meu futur, i començava a inquietar-me. Havia de trobar feina i, per buscar-ne, em calia saber on m'instal·laria. No em veia marxant definitivament del meu país, però tampoc no em seduïa la idea de quedar-m'hi. Tenia la sensació que, a partir d'aleshores, jo seria «la catalana» a Mèxic i «la mexicana» a Catalunya. En somnis em veia com una geganta eixarrancada amb una cama damunt del continent americà i una altra damunt d'Europa. Una nit vaig conversar amb el meu avi Romeu i li recriminava la decisió que havia pres i que, tants anys després, m'estava afectant. Em despertava angoixada, terriblement penedida de fer-lo culpable d'un exili que ell no havia escollit i que havia determinat la seva vida més que cap altra.

Em preguntava si ell havia arrossegat tota la vida l'enyor de què parlen els versos de Pere Quart, allò que els argentins en diuen *desgarro* i els gallecs *morriña*.

Vaig començar a estudiar seriosament el català i, així com parlar-lo em feia molta vergonya, aviat em vaig veure amb cor d'escriure'l, amb el diccionari a mà. Escrivia correus als meus cosins Romeu i ells celebraven amb molt d'entusiasme els meus avenços. M'aplaudien i em feien sentir bé. Però no ho explicava a la meva germana, i això em feia sentir incòmode. En certa manera, la Inés havia sortit d'un armari i jo m'havia tancat en un altre.

Quan vaig escriure a en Pau i li vaig comentar aquesta estranya circumstància, això d'haver d'amagar el meu nou sentiment de catalanitat, em va respondre amb un correu molt breu que primer em va fer somriure i després em va tenir uns dies capficada.

«Estimada Gris: ser català és una de les coses més difícils que hi ha al món. Ja ho aniràs veient.»

Vaig organitzar un dinar amb la meva mare, la meva germana i les meves ties. Era una iniciativa ben intencionada: des de la sortida de l'armari de la tia Inés, l'ambient entre les dones Azuera s'havia refredat. Estava convençuda que la trobada podia ajudar a destensar, que no s'havia trencat res de manera irreparable. Però aquell dia vaig descobrir que, com passa a les millors famílies, a sota de l'aparent calma amb què havíem viscut durant anys i panys, hi havia un mar de fons que, en qualsevol moment, podia provocar unes onades que ens engolirien a totes.

Crec que el tret de sortida el va donar l'Adriana quan va preguntar a la Inés si donava per acabada la seva història d'amor amb l'Alicia.

—S'ha acabat per sempre —va confirmar la tia Inés, amb naturalitat i només una mica de tremolor a la veu—. Jo vaig espatllar-ho tot. Però no tornarà a passar: m'he tret de sobre el llast de ser una Azuera.

Totes, n'estic segura, havíem entès el sentit d'aquesta última frase, però la Gabriela va decidir no deixar-la passar. En aquell moment hauria volgut tapar-li la boca amb les dues mans.

—Ser una Azuera no té res de dolent. Més aviat al contrari. N'hauries d'estar orgullosa.

La meva mare va voler rebaixar el to perquè veia venir la pedregada:

—Esclar que sí, totes n'estem orgulloses. Però la Inés vol dir que els pares potser donaven massa importància al prestigi del cognom. No volien tacar-lo...

La Inés es va revoltar:

—Tacar-lo? És que enamorar-se d'una dona embruta alguna cosa?

La Gabriela hi va tornar:

—No sé si l'embruta, però no beneficia en res el prestigi de la família.

La Inés s'havia aixecat d'una revolada i havia llençat el tovalló damunt de la taula. L'Angélica la va agafar pel canell i la va fer seure i, deixant-nos a totes estupefactes, la més petita de les Azuera, la que mai no gosava alçar la veu ni defensar la seva posició, va dir:

—Prestigi? No em facis riure, Gabriela. Aquesta paraula és una absoluta bajanada. Vols dir el prestigi que té el teu home com a pediatre, per exemple?

Tot i que era evident per on anaven les coses, la Gabriela va respondre sense immutar-se:

—Doncs, sí. Per exemple. El prestigi del pare, el prestigi del meu marit. Sí. Em refereixo a això.

L'Adriana i jo vam mirar-nos, i hi havia una pregunta formulada amb els ulls: s'hi atreviria, l'Angélica? Diria les paraules que havia callat anys enrere? Ho va fer:

—El teu marit pot ser un pediatre de prestigi —que no ho sé—, però és un malparit, un mala peça. Com a persona no té cap mena de prestigi. I no et pensis que, si jo vaig callar, la seva atrocitat va quedar enterrada. A Puebla tothom sap que és indigne i detestable. La seva mala fama és coneguda a tota la ciutat. No sé com conserva clientela.

Ens vam quedar gelades. La Inés es va limitar a posar la mà damunt de la mà de la seva germana. La mare tenia els ulls plens de llàgrimes. Però la Gabriela és molta Gabriela, i va contraatacar:

—I, doncs, per què vas callar quan va passar allò? No deu ser que tu vas fer alguna cosa per provocar-lo?

Crec que en el mateix moment d'acabar la frase es va adonar

que havia sobrepassat tots els límits. Però abans que cap de nosaltres reaccionés, es va posar a plorar. Primer en silenci, després sanglotant. La miràvem sense dir ni fer res. Ens feia pena. I aquesta és una de les pitjors coses que et poden passar. Quan no es compadeixen de tu, sinó que provoques llàstima.

L'Angélica, amb la mirada baixa, va limitar-se a dir:

—De manera, Inés, que jo ara tampoc no callaré més. Sé que la meva valentia arriba tard, però...

Ens havíem trobat a casa de la Inés, és a dir, a casa dels avis. Sèiem al voltant de la taula on tantes vegades ens havíem reunit tota la família. La Inés havia deixat obertes les portes de l'entrada i la del jardí i hi havia un corrent d'aire que feia voleiar les faldilles i els cabells. De tant en tant, notàvem com entrava al menjador la flaire de les roses de l'àvia. En dèiem així, tot i que l'àvia és morta de fa una pila d'anys. Recordo que vaig pensar que, ara que les ties —algunes— s'estaven espolsant la naftalina de l'educació que els havien donat els seus pares, potser dels avis ja no en quedaria res més que la flaire de les roses.

El xivarri de les festes familiars pesava damunt dels nostres caps, formant bosses d'aire fresc, però l'habitació es mantenia malgrat això en un ambient enrarit.

La tia Camila, que s'havia mantingut estranyament callada gairebé tota l'estona, va servir vi a totes les copes mentre deia:

—Et felicito, Angélica. Jo tampoc vaig saber reaccionar bé quan va passar allò, en aquell moment em vaig preguntar si algun dia gosaríem posar-hi nom i començaríem a parlar d'abús. Hauria d'haver-me posat al costat de la Inés i exigir que féssim pagar al doctor la seva animalada, o almenys l'hauríem d'haver apartat de la família.

—Però hi havia un entrebanc —va fer constar la Inés—: si la Gabriela no volia separar-se'n, no podíem pas obligar-la. I, a més, la mare li feia costat.

L'àvia deixant passar una agressió a la seva filla petita. Se'm feia difícil de creure. Realment, la servitud de la família per mantenir el bon nom anava més enllà del que imaginava.

El vi i la dolçor dels pastissos van estovar una mica l'ambient. Les ties van començar a parlar de les receptes de l'àvia i els records comuns van amorosir els gestos i les mirades.

I llavors, la tia Gabriela, la dels ulls ametllats i pell daurada, potser de les cinc germanes la que més havia conservat aquella bellesa que va fer conegudes les germanes Azuera a Puebla unes dècades enrere, va començar a parlar, i en la seva veu hi havia una duresa que no lligava amb el candor dels seus ulls.

—Ara resulta que totes ho veieu clar. I que jo soc la dolenta, la que va voler tapar-ho tot, la que us ha imposat la presència del malparit i... què més heu dit? Mala peça, detestable... Doncs sí, jo em vaig empassar la ràbia i la vergonya i vaig decidir continuar casada.

Silenci. Vaig poder notar com el monstre marí remenava la seva cua immensa i revoltava les aigües.

—Com tu, oi, Camila? Com tu, que t'has mantingut al costat del teu home, aquest músic de segona que et va deixar sola amb una criatura, que beu com un embut, que us tracta a baqueta, que es deu haver ficat al llit amb desenes de noietes després dels concerts. I això ho trobeu molt digne, no?

Vaig avançar una mica el cos i la meva tia em va fer callar amb un gest sever.

—No he acabat. També vull parlar de la dignitat de la Inés —i va dir la paraula *dignitat* amb un deix de menyspreu que em va posar la pell de gallina—, la gran dignitat de la Inés durant tants anys, sortint a les revistes amb un «nou acompanyant» en una festa o en una estrena. Agafada de bracet, perquè tothom cregués que era el seu amant. I... no he acabat! La Flor. L'assenyada, la primogènita, la del matrimoni exemplar i les dues filles perfectes. La nostra benvolguda Flor que va perdre el cap per un poca-solta faldiller, un seductor de pa sucat amb oli per qui hauria deixat el marit i les filles. Vas estar a punt de fer-ho, no, germana?

L'Adriana i jo ens vam mirar. La mare ens va mirar, ara l'una, ara l'altra. No ho va negar.

La Gabriela es va aixecar i va marxar sense dir ni una paraula més. Satisfeta del seu bombardeig, que ens havia agafat desprevingudes i ens va deixar mudes i tremoloses.

Quan va obrir la porta del carrer, el corrent d'aire va fer petar la del final del passadís i ens va sobresaltar.

Per trencar el silenci, vaig mormolar, amb un to que més aviat volia ser irònic:

—Carai amb les germanes Azuera!

Volia fer un comentari frívol i arrencar algun somriure, però en lloc d'això vaig provocar una reacció inesperada en la meva germana. L'Adriana, amb els ulls brillants, no sé si per l'emoció o per la ràbia, es va acabar d'un glop el vi que encara tenia a la copa i va dir, sense mirar-me:

—Ja ho veus, Gris, som una família plena de porqueria. Ara sí que tens una bona excusa per donar-te'n de baixa i sentir-te plenament i només una Romeu, una catalana.

Crec que la mare i les ties van fer la mateixa cara d'incredulitat que jo.

—A què ve, això, Adriana?

—La nostra Gris s'ha deixat seduir per Catalunya i ara

tot el dia parla dels Romeu. En Pau cap aquí, en Joan Antoni cap allà, que si el xal d'en Dalí... n'estic ben tipa.

—Potser el que estàs és gelosa.

—Noies...

La mare, que no havia obert la boca des que la Gabriela li havia deixat anar la filípica sobre el seu amant, mirava de posar pau.

Jo em vaig posar la jaqueta i vaig agafar la bossa:

—Fins avui tenia dubtes de si tornar a Catalunya o no, però me'ls has resolts tots, Adri.

—Apa, doncs que et vagi bé!

I així es va acabar el suposat dinar de reconciliació de les dones Azuera. L'endemà vaig comprar un vol per a Barcelona.

Encara em faltaven cinc dies per marxar i vaig decidir invertir un matí a conversar amb la meva mare. Podia imaginar com s'havia quedat d'intranquil·la amb l'estirabot de la meva germana i volia tranquil·litzar-la i... si he de ser del tot sincera, també em delia per conèixer alguns detalls de la seva història d'amor clandestina que, a aquestes altures, no m'havia escandalitzat ni afectat de cap manera.

La mare va preparar un te de menta, unes galetes d'anís i es va asseure davant meu amb un neguit difícil d'amagar. De seguida vaig intuir que la incomoditat venia més del seu secret descobert que no pas de la baralla fraternal de les seves filles.

Com és propi d'ella, va anar directa al gra:

—Què vols saber, filla? El primer que t'he de dir és que l'aventura no va tenir cap importància i que no va alterar mai l'amor que sentia pel teu pare.

La paraula «aventura» en boca de la meva mare em va fer somriure.

—Pots estar tranquil·la, mare. I no m'has de donar explicacions.

Era una fórmula absolutament convencional. Les volia totes, les explicacions, però no pas perquè hagués de fer-li cap retret, sinó perquè m'encuriosia terriblement.

Va ser un matí fabulós, un privilegi. La meva mare i jo, xerrant sense cap pressa, agafades de les mans i mirant-nos als ulls. I veure-li les arrugues, que desapareixien quan em parlava d'aquella noia enamorada, i notar el sabor de la menta a la boca mentre ella em parlava dels ulls verds de l'home que l'havia enamorat.

El cor m'anava de pressa si em parlava de les seves trobades clandestines; els ulls se m'omplien de llàgrimes quan va recordar l'agra discussió amb el seu marit, el meu pare; el cap em bullia quan la imaginava travessant la ciutat per anar-se a trobar amb l'amant, espantada, decidida; i el seu dolor em va fer mal quan va reviure la traïció d'aquell pocavergonya, la humiliació de la tornada a casa.

—Tu vivies tot això i nosaltres no vam saber-ne res...!

—Éreu molt petites, Gris, molt petites...

Quina cosa tan estranya és poder conèixer la teva mare quan era més jove que tu. I quina cosa tan formidable devia ser per a ella poder-ne parlar amb la filla de dona a dona.

Després vam parlar de l'Adriana, del recel que li provocava el meu interès per recuperar la nostra procedència catalana. La mare es va mostrar molt convençuda:

—No li has de fer cas. El viatge a Catalunya et va anar bé per omplir de sentit la teva vida, que després de la separació et devia semblar buida. I encara que t'hi fes anar una situació personal, estic segura que el teu pare i el teu avi t'ho agrairien... t'ho agraeixen, allà on siguin. Jo mateixa m'he preguntat moltes vegades per què la meva mare mai no em va parlar del seu lloc d'origen. És estrany, no? Ho estàs fent molt bé, Gris. Torna-hi aviat.

L'havia escoltat en silenci, només assentint amb el cap. Però la seva recomanació em va anar la mar de bé per fer-li saber que, de fet, ja tenia bitllet per a Barcelona.

—Fantàstic! Ves-hi, i sobretot vull saber com s'acaba tota la història del xal d'en Dalí!

Quan vaig anar a dir-li adeu a l'Adriana, la meva germana va estar freda i distant. Jo ja en tenia ben bé prou de les seves criaturades, així que no em vaig esforçar per fer-la entrar en raó.

—Noia, saps què et dic? Bon vent i barca nova!

Això darrer ho vaig dir en català. Era una locució que li vaig sentir dir a en Joan Antoni i que em va fer gràcia. La trobo molt expressiva. L'Adri va torçar la boca amb un gest de menyspreu.

TERCERA PART

Capítol XIV

Quan vaig tornar a entrar a casa dels Romeu vaig tenir una sensació que no recordava haver viscut mai abans en aquella casa.

En Joan Antoni i la Francesca seien al sofà. Ella, amb les cames encongides de costat, recolzava el cap a l'espatlla d'ell, que mantenia els braços alçats amb el diari entre les mans.

En Pau, que havia entrat amb mi, havia anat de cap a la cuina i ara en sortia amb una safata amb platets i tasses, la sucrera i la cafetera fumejant.

Darrere dels amfitrions, el jardí s'encenia amb la llum de cap al tard, els murs tenyits de verds i roses. Les parets de la sala, plenes de pintures, la majoria sense emmarcar, omplien el blanc de vida. Sonava una música lleugera i ballable i les cortines es movien com si en seguissin el ritme.

Vaig quedar-me contemplant l'escena en silenci. La Francesca em va convidar a seure i ho vaig fer mentre deixava anar les paraules que em creixien sense haver-les passat pel cervell:

—Ai, que bé que s'hi està! Que bé que hi esteu, en aquesta casa! És tan... tan agradable, còmoda, elegant. És una casa, no sabria com dir-ho, una casa...

—Una casa que fa *estiguera* —en Pau va acabar la frase

que jo havia deixat a mitges i el vaig mirar, intrigada. No havia sentit mai aquella expressió, ni estava segura del seu significat.

—Ho diuen els mallorquins: una casa que fa estiguera, que fa venir ganes d'estar-s'hi.

—Exacte! —vaig prendre'n nota mental. Que bonic! Jo diria que és una casa «*con buena onda*».

—M'agrada!

Però cap d'ells havia entès la profunditat del sentiment que m'havia assaltat. Havia sentit la necessitat urgent —i gairebé física— de tenir, jo també, una llar plena de calma, que em tingués el cor robat, que fos casa meva.

Les preguntes que m'havia fet els darrers mesos ara em tornaven com un bumerang: si el meu avi no hauria sigut el mateix si no hagués marxat a Mèxic, seria jo la mateixa si em quedava a fer la meva vida a Catalunya? Podria viure per sempre en un idioma i una cultura que no era la meva? No seria massa difícil viure lluny de la mare i de l'Adriana, de la resta de la família? M'imaginava un futur sense elles i m'adonava que qualsevol alegria no podria ser completa si no les tenia a prop. I, tanmateix, també sentia un gran alliberament quan pensava a començar de cap i de nou una vida lluny del llast que de vegades suposava la família Azuera.

Mentre rumiava tot això, els cosins van informar-me que en Luuk Brendel ens havia citat per l'endemà. El xal de les roses, que havia desaparegut dels meus pensaments els últims dies, va tornar a fer-se present i em va fer accelerar el pols. Potser ens faltaven poques hores per saber la veritat.

Aquell vespre, però, vaig rebre un missatge al mòbil que va tornar a capgirar-ho tot. Era de la meva germana: Gris, t'he enviat un correu, és important.

El to, fred i lacònic, em va fer pensar que l'Adriana encara estava molesta i que el correu tornaria a mostrar la seva gelosia infantil i carregosa. Res més lluny de la realitat.

Estimada Gris,
No he tingut valor per dir-t'ho per telèfon. La tia Gabriela ha tingut un infart. Està ingressada i diuen que les primeres vint-i-quatre hores són vitals. Ni se t'acudeixi tornar.
Adri

La meva tia Gabriela va morir de matinada, quan a Barcelona ja eren les dotze del migdia. M'estava vestint per acudir a la cita amb en Luuk Brendel. L'Adri plorava tant que ni tan sols l'entenia, però tant li feia, els seus sanglots deixaven ben clar que s'havia complert la pitjor de les possibilitats i jo també em vaig posar a plorar. Vam estar uns segons plorant totes dues, sense dir res d'intel·ligible.

Finalment, vaig entendre que l'Adri deia que ningú no esperava que jo tornés a creuar l'oceà per assistir al funeral. També vaig sentir-li dir, entre sanglots, que les ties estaven desolades perquè malgrat les últimes desavinences, eren germanes i s'estimaven. En aquell moment, sense que m'ho demanés, li vaig prometre que ni els cosins catalans ni ningú podria substituir-la mai en els meus afectes.

Vaig penjar i, amb el telèfon a la mà, em vaig asseure al balcó del pis d'en Pau. El primer que vaig fer va ser escriure-li un missatge. Havia sortit de casa molt d'hora i havíem quedat que ens trobaríem a casa dels seus pares, on ens havíem de reunir amb l'holandès:

Pau, no podré venir a la reunió. S'ha mort una de les meves ties. Feu sense mi i ja m'ho explicaràs.

M'avergonyia notar com, en aquelles circumstàncies, em sabia greu no assistir a la reunió. No veure en Luuk, hauria de dir, si fos del tot sincera.

Vaig començar a fer les trucades de condol. A la meva mare, a les ties, l'una darrere l'altra, als fills de la Gabriela. Vaig donar la feina per acabada i aleshores em vaig adonar que no havia pensat ni per un moment de trucar al marit de la meva tia, el vidu. Després de donar-hi moltes voltes, li vaig enviar un missatge de text: «Em sap molt de greu la mort de la Gabriela. La trobarem molt a faltar.» Em va contestar amb un «Estic destrossat», que em va fer venir basques.

En Pau em va convidar a dinar i va demanar una ampolla de vi rosat de l'Empordà que em faria passar la pena. Vaig parlar-li una bona estona de la meva tia Gabriela, dels seus fills i de la sortida de l'armari d'en Miguel i de la Inés.

—La teva família mexicana sembla una telenovel·la —em va dir, amb un somriure ple d'afecte. I em va agradar que especifiqués «la teva família mexicana», en lloc de dir simplement «la teva família», perquè volia dir que ells, els Romeu, també són la meva família.

Després em va fer un resum —cinc cèntims, va dir— de la informació que havia compartit amb ells en Luuk Brendel (per cert, ha preguntat per tu, va dir picant l'ullet).

Segons sembla, en Luuk considera que és absolutament plausible que les roses siguin obra d'un Dalí adolescent, però que no veu la manera de demostrar-ho. Al seu parer, si volguéssim vendre el xal, segurament algun col·leccionista ric i fan d'en Dalí ens en donaria una bona picossada, però res de fer-nos milionaris. El seu consell era que ens el quedéssim la família. «La peça és preciosa i la història familiar que l'acompanya és entranyable», diu que va dir.

—Així, dona per acabada la seva feina? —vaig preguntar, esforçant-me per dissimular el meu disgust.

—Sí, maca, em temo que no hi haurà oportunitat de tornar-lo a veure...

—Vinga, va, Pau... no hi tornis!

Ara només quedava decidir què en fèiem. Qui es quedava el xal. La Francesca era partidària de fer-lo emmarcar amb un vidre, per protegir-lo, i penjar-lo a la paret. En Joan, l'escultor, hi estava d'acord. La Marga trobava que semblava fet expressament per posar-lo damunt d'un piano de cua (però ningú de la família en tenia). En Pau i en Lluís consideraven que, fos com fos, estaria bé de fer pública la troballa, proposta que no va ser gaire ben rebuda perquè, de fet, no podíem garantir-ne l'autenticitat.

Els dies següents vaig dedicar-los gairebé íntegrament a llegir els diaris de joventut d'en Dalí que m'havia regalat en Joan Antoni. Era molt estimulant fer-me una idea de com devia ser aquell adolescent que la meva besàvia havia tingut oportunitat de conèixer.

> M'havia deixat créixer els cabells i els duia llargs com els d'una nena i, mirant-me al mirall, adoptava sovint els posats i l'aspecte melangiós d'en Rafael, al qual m'hauria agradat assemblar-me com més millor.

Els fragments que m'arribaven a emocionar era quan parlava dels seus estius a Cadaqués. A banda de descobrir-hi un poeta, em va despertar un desig enorme de visitar aquest poble que, vist per la mirada d'en Dalí, semblava un autèntic paradís:

I allà en aquell poble de cases blanques i de dies serens vaig consagrar totes mes facultats a l'art, a la pintura, i vàreig viure com un boig, sempre pintant i aprenent, extasiant-me davant la naturalesa que també és art, mirant pondre's el sol ajagut damunt l'arena humida de la platja, emborratxant-me de poesia en els blaus i llargs crepuscles, mig endormiscat en el dolç món de les ones verdoses, les estrelles reflectint-se en l'aigua quieta, les nits pàl·lides de lluna, uns ulls preciosos de dona, amb una guspira tal volta d'amor, i els matins blaus, plens de sol, banyant-se en les aigües verdes d'una cala... quin gaudir i quin viure!

Justament aleshores em va arribar un missatge al mòbil: «En Pau m'ha facilitat el teu telèfon. Soc en Luuk Brendel. M'agradaria veure't. Si a tu també et ve de gust ja em diràs quan et va bé i on podem quedar.»

Era un missatge breu i lacònic. Sense cap careta somrient ni cap broma. Sense hola ni adeu. Em vaig adonar que, tot i així, m'havia fet somriure, i que el somriure se m'havia quedat instal·lat als llavis una bona estona. Així que potser en Pau tenia raó i jo li havia caigut bé. Potser li agradava una mica. I, encara que fos en la intimitat i sense testimonis, vaig admetre que a mi també m'agradava l'holandès. Molt.

Vaig escriure-li que, com que estava pensant d'anar a conèixer Cadaqués, potser podria acompanyar-m'hi. El cor m'anava de pressa.

Va entrar un missatge d'en Luuk:

«Fantàstic. Sempre estic a punt per anar a Cadaqués. Jo hi poso el cotxe. Si et recullo demà a les nou et sembla bé?»

L'alegria em va entrar pels ulls i em va córrer per tot el cos. Em mirava el paisatge altra vegada i l'alegria es tornava eufòria. Una energia desconeguda em feia venir ganes de saltar, de moure els braços i les cames, de ballar.

Em va costar molt d'adormir-me, perquè l'excitació —semblant a la de la Nit de Nadal quan era petita— em mantenia els ulls oberts i el cervell activat. Abans de les sis ja m'havia llevat i vaig veure com es feia de dia.

Abans de sortir de casa, vaig escriure una nota per a en Pau: «Seré tot el dia fora». I després d'una vacil·lació, vaig afegir-hi: «Potser no vindré a dormir».

Vaig somriure. Em vaig adonar que mai no havia somrigut tant estant sola.

El trajecte cap a Cadaqués el vam fer sense dir a penes cap paraula, escoltant música. Quan vam encetar la carretera de revolts em va preguntar si em marejava. Vaig dir-li que no, però vaig obrir la finestra. Ell, de tant en tant, em mirava i els ulls —no la boca— li somreien.

A Cadaqués hi bufava fort la tramuntana. Em feia gràcia veure'l tan escabellat. Jo devia anar-hi encara més.

Em va ensenyar tots els racons del poble i vam acabar a Port Lligat. Vam seure a la sorra i allà, davant d'un mar picat, ple de petites crestes blanques, em va parlar de la Lídia de Cadaqués, d'en Lorca, de la Gala, del noi del poble que el matrimoni havia afillat. Després va dedicar una bona estona a parlar de l'Anna Maria, la germana petita del pintor.

Llavors va obrir el mòbil i em va ensenyar una imatge.

—El coneixes?

Era el famós quadre de la noia mirant per la finestra.

—És el meu preferit —va dir.

—És l'Anna Maria? —vaig preguntar.

—Sí. És la seva germana.

Tenia el cap cot i dibuixava cercles a la sorra amb una

pedra punxeguda. Quan va alçar la mirada, tenia els ulls plens d'aigua. Em vaig espantar.

—Què et passa?

Em va explicar la història de la seva germana. Jo l'escoltava i, sense adonar-me'n, vaig passar-li la mà pel braç, en un gest de consol. Vaig notar com se li eriçaven els pèls rossos, però no va apartar la mirada de la sorra per mirar-me.

—Me'n pots ensenyar una foto?

Va agafar la cartera i en va treure una fotografia. Una fotografia en paper, en aquesta època de mòbils, em va entendrir.

—La Charlotte —va dir, com si me la presentés.

La tramuntana bufava tan fort que em va fer por que li arrenqués la foto d'entre els dits.

Era una noia menuda, de cabells i ulls castanys i un somriure encara infantil. En Luuk va alçar el rostre, com si demanés al vent que li eixugués la tristesa.

—Jo també tinc una germana —vaig dir, només per trencar el silenci.

Li vaig parlar de l'Adriana i de l'absurda gelosia que li havia despertat el meu viatge a Catalunya.

—No permetis que s'enquisti —em va dir, amb un to entre imperatiu i suplicant.

Havia marxat el sol i la tramuntana bufava encara amb més força. Em va venir al cap el meu avi, un dia que m'explicava que a Figueres hi bufava un vent tan fort que era capaç de tirar-te a terra. Una vegada —deia— va tombar un vagó de tren que estava abandonat en una via.

Em va venir una esgarrifança de fred i en Luuk es va posar dret, espolsant-se la sorra del cul dels texans, i em va oferir la mà per ajudar-me a aixecar-me. El tacte de la seva pell era tan agradable que vaig desitjar que no em deixés anar. No va fer-ho.

Vam caminar a poc a poc de tornada al poble.

—Tens pressa? —va preguntar.

Era una proposta per sopar, però jo estava exaltada, sentia una alegria salvatge i vaig fer allò que ni tan sols havia gosat fer quan era jove (cap noia educada pels Azuera ho faria).

—No. Fins demà al matí no tinc res a fer.

—Anem a buscar un lloc per passar la nit.

Va ser una nit memorable. En aquella habitació d'hotel —petita, els peus del llit gairebé tocaven el balcó amb porticons de fusta— vaig sentir-me a casa per primer cop en molt de temps. La intimitat en deu metres quadrats i el món al defora. El vèiem a trossos, quan l'aire aixecava les cortines blanques i llargues, de roba fina, gairebé transparent.

Vam fer l'amor sense pressa i sense recança. Amb un desfici que em feia venir ganes de riure i de plorar.

Vaig rebre la primera claror mentre en Luuk dormia, els cabells rossos escampats damunt de la coixinera blava, i els braços tapant-li la cara. Jo seia al seu costat, abraçant-me els genolls, hipnotitzada pel ball de les cortines blanques, fins que em vaig aixecar i vaig obrir-les a dreta i a esquerra i un doll de llum em va banyar sencera. M'hi vaig estar una estona, dreta i nua, els ulls mig closos per l'enlluernament, fins que algú que passava pel carrer em va veure i va deixar anar un xiulet. M'era igual que em veiessin, m'era igual tot. Només volia quedar-me per sempre en aquella cambra d'hotel.

Em vaig girar i en Luuk va deixar anar un crit:

—No! No et moguis!

Vaig somriure. No moure'm, no avançar dues passes per acostar-m'hi i tocar-lo, era un sacrifici enorme. Però sabia per què m'ho demanava i li vaig fer cas.

Va agafar el mòbil:

—Em deixes fer-te una foto?

Vaig fer que sí amb el cap. Ni vergonya ni desconfiança. Ho entenia.

—Ja està. Gràcies. Aquesta foto, aquesta «Noia a la finestra», esborrarà l'anterior.

—No cal que...

Darrere meu vaig sentir una vibració, un batre d'ales que em va provocar un esglai. Vaig fer un salt endavant i vaig caure al llit, on em va acollir la seva abraçada.

—El cor et va de pressa —va dir ell, les mans damunt del meu pit.

—El cor em balla d'alegria —vaig dir jo, i em va sonar tan carrincló, tan ridícul, que vaig posar-me a riure. En Luuk es va afegir a la meva rialla i l'habitació es va omplir d'una llum blava: començava el dia a Cadaqués.

Vam tornar a Figueres havent dinat. Havíem decidit que conduiria jo i en Luuk, només de pujar al cotxe, es va adormir. Quina placidesa, aquella estona al volant, amb les oliveres empordaneses a banda i banda, sentint el seu respirar profund al meu costat! El mirava de reüll, i el seu cos deixat anar m'entendria i m'excitava alhora. El meu pensament anava fent tombs, anant i venint, dibuixant onades, fins que, tot d'una, vaig adonar-me d'una cosa.

Si dies enrere, especulant sobre la possibilitat de quedar-me a viure a Catalunya, vaig descobrir que la meva felicitat mai no seria completa perquè em faltaria la família, ara m'adonava que, si acabava tornant a Mèxic, a la meva vida sempre hi faltaria en Luuk.

Era un pensament precipitat i probablement exagerat, però era així com em sentia.

Quan entràvem a Figueres vaig posar una mà damunt de la cuixa d'en Luuk i vaig sacsejar-lo suaument per despertar-lo. Va obrir només un ull i em va somriure. I en els ulls ensonyats em va semblar veure-hi la promesa que sí que hi havia un futur per a nosaltres. Ingenuïtat als quaranta anys? Sí. Què passa?

—Deixa'm a l'hotel. M'agradaria canviar-me de roba abans d'anar a sopar.

Vaig somriure. Ell també volia sopar amb mi. Ell tampoc no suportava la idea de separar-nos.

En arribar a casa d'en Pau —que em va adreçar un somriure sorneguer i em va demanar «com ha anat per Cadaqués»—, em va sonar el telèfon. En Pau s'estava assegut al sofà, esperant que acabés perquè jo havia fet cara de sorpresa i deixava anar exclamacions que devien resultar intrigants.

—Qui era?

—No ho diries mai. Era la Minú, de Falset. Que la seva mare, buidant la caixa on hi havia el xal i les altres coses de la besàvia Darner, ha trobat mitja dotzena de cartes.

—Cartes? De qui?

—De la nostra besàvia! Cartes adreçades a la seva cosina Clareta! Ostres, em moro de ganes de llegir-les. Li he demanat que les escanegi i me les enviï.

Vaig dir que volia esperar que arribés en Luuk per llegir-les. En Pau repetia el seu somriure sorneguer.

—Estàs ben encaterinada, eh?

—Com?

—Res, res.

Vaig demanar a en Pau que les llegís en veu alta. La veu de la besàvia Darné desprenia una ingenuïtat, una senzillesa, que ens feia somriure tota l'estona. Va arribar la darrera carta:

Volguda Clareta,

Com esteu? Nosaltres bé, ja som a Lledó i ens hi anem acostumant, no heu de patir per nosaltres.

T'agraeixo molt que anessis a casa a buscar les coses que et vaig demanar. Em fa basarda tornar-hi un dia i trobar-me-la enrunada per les bombes i que no puguem recuperar res de res.

Confio que ho guardaràs tot perquè no es faci malbé però, sobretot, t'encomano que tinguis molta cura amb el xal de les roses pintades. És un dels regals que m'ha fet més il·lusió. Ja saps que, jo, a la senyora Felipa, li tinc una gran estima, i vaig trobar molt bonic que li demanés al seu fill que pintés les flors. Quin disgust devia tenir quan el noi s'hi va negar! Però ja sabem tots com és, en Salvadoret...

Però la veritat és que l'Anna Maria també té força traça i les roses són ben maques. I al cap i a la fi, jo als dos germans me'ls estimo igual i serà un record de per vida.

Només somio que la guerra s'acabi i que puguem tornar a Figueres. Aneu amb molt de compte, Clareta!

Una abraçada,

Maria

Capítol XV

Havien passat quatre mesos des del descobriment de la carta que revelava la veritable història del xal. Ho vaig trobar graciós perquè sempre m'han agradat els finals inesperats.

Després de l'efervescència dels primers dies, durant els quals tothom va expressar la seva opinió sobre què calia fer amb la peça, el xal va continuar guardat a la caixa forta de casa d'en Joan Antoni, sense saber quin seria el seu destí.

Jo no hi pensava a penes. La veritat és que no pensava en res més que no fos en en Luuk. Vaig entendre ràpidament que mai abans no havia estat enamorada. Aquell estat d'exaltació permanent arribava a neguitejar-me, sobretot em feia por que ell ho trobés exagerat, que l'aclaparés. Amb aquest temor vaig aconseguir reprimir el desig de veure'l cada dia o de trucar-li constantment quan estàvem separats.

Si ell viatjava a alguna capital europea per fer alguna conferència o participar en les activitats d'algun museu, sempre em demanava d'acompanyar-lo. I ho feia, però de tant en tant m'inventava alguna excusa per quedar-me a Figueres. No volia que el meu amor li resultés feixuc. Aleshores em posava el mòbil a la butxaca i em passava el dia acaronant-lo amb els dits, com si aquell contacte hagués de fer-lo reviure i finalment arribés la trucada que esperava.

El primer pensament quan em despertava al matí era: l'estimo. O, m'estima. Era una felicitat desconeguda, una sensació plaent que em feia començar els dies amb una alegria desbordant i, a la vegada, una gran pau interior. Si en algun moment del dia m'entrava el desassossec de saber-lo lluny de mi, recordava l'última nit que havíem passat junts i en tenia prou de posar la mà als racons del cos que ell havia besat per recuperar les sensacions que el seu contacte em provocava.

Era aleshores quan pensava que, si algun dia aquell amor havia d'acabar-se, podria continuar vivint en la complaença de saber que l'havia viscut. No tothom té el privilegi de viure un gran amor correspost. També rumiava una vegada i una altra que, si no hagués pres uns mesos enrere la determinació de venir a Catalunya, no l'hauria conegut. La meva vida hauria continuat, en to menor, descolorida, i jo hauria ignorat que en un altre continent hi vivia un home que em podia fer feliç.

Parlàvem hores i hores. Volíem saber-ho tot l'un de l'altra. Tot el que ell deia o pensava m'interessava i, quan trobàvem alguna cosa que ens vinculava (una cançó que ens agradava a tots dos, una experiència viscuda similar, un lloc que desitjàvem visitar), era com una festa.

Vaig descobrir que en Luuk era molt familiar, que li agradava més el mar que la muntanya, que a més de català i neerlandès parlava anglès i francès, que havia tingut un avi que havia guanyat campionats de billar per tots els Països Baixos, que el seu color preferit era el verd i la seva fruita predilecta la magrana. Llegia assaig i poesia, jugava prou bé a tennis, li agradava fer pastissos, sobretot perquè ho havia après amb la seva mare, que era una cuinera fantàstica.

Feia un parell de mesos que havíem agafat un apartament moblat a Vilafant. Ens l'havia facilitat en Pau, imagino que fart de tenir-nos d'okupes a casa seva. Hi passàvem poc temps, perquè viatjàvem molt. Jo hauria pogut passar la resta de la meva vida així, però els estalvis se m'havien acabat i això em neguitejava. I llavors va arribar Nadal.

En Luuk va dir-me que volia anar a casa seva per passar les festes amb la família. Volia que l'hi acompanyés. M'hauria agradat molt, però em sentia obligada a tornar a Mèxic: seria el primer Nadal sense la tia Gabriela i no volia que hi hagués encara una altra cadira buida a la taula familiar.

Així que, amb llàgrimes als ulls, vaig acceptar que passaríem dues setmanes separats. Però, més enllà d'això, em va començar a créixer una angoixa difusa, que no sabia ben bé si es podia atribuir només a aquesta primera separació.

Ho vaig aclarir quan vaig escriure a l'Adriana per dir-li que hi anava a passar el Nadal i ella —que estava al corrent del meu amor— em va respondre amb un correu molt breu:

> Estimada Gris,
> He d'entendre que vens per quedar-te? O que recolliràs les teves coses i te'n vas definitivament a Catalunya? Potser encara no t'has decidit?

Propi de la meva germana. Les coses clares. En dues línies havia concretat les preguntes que jo m'hauria d'haver formulat des de feia setmanes.

Em va semblar que el més fàcil era imitar la claredat de l'Adriana i plantejar-l'hi a en Luuk en termes semblants.

—Luuk, ara que vaig a casa, he de rumiar què faré.

—Què vols dir?

—Doncs que he de començar a prendre decisions sobre el futur. No puc estar-me més temps sense treballar...

—Sí, esclar, ho entenc. I creus que ho tindries bé per trobar feina, a Mèxic?

Per un moment, vaig sentir que el món s'enfonsava: en Luuk es plantejava que jo me'n tornés a Mèxic i que el nostre amor s'acabés? Vaig tancar els ulls, prement fort les parpelles per aturar les llàgrimes. Quan els vaig tornar a obrir, en Luuk m'oferia un dels seus somriures rutilants.

—Jo puc treballar on vulgui, ja ho saps. I, qui sap, potser a Amèrica estan encara més interessats per en Dalí que a la vella Europa, que el tenen més vist...

Jo també vaig somriure, alleugerida. En Luuk estava disposat a venir a viure a Mèxic amb mi, si jo ho volia. Tornava a sentir-me eufòrica, gairebé incrèdula davant de tanta felicitat.

Vam valorar totes opcions: Mèxic, Holanda o Catalunya i, escoltant potser més el cor que el cap, vam decidir que ens quedaríem a l'Empordà. Però em feia basarda pensar que havia de comunicar-ho a la meva mare i a la meva germana. No sabia ni com posar-m'hi.

Per aquelles dates, mentre en Luuk i jo buscàvem un lloc per viure, la família Romeu va passar un disgust de pes. Una amiga molt estimada de la Cecília Gas, la mare dels meus cosins grans, va morir només tres setmanes després que li haguessin diagnosticat un càncer. Són morts molt difícils de pair. La finada era amiga de la Cecília de tota la vida i el vidu, company seu de feina. En Joan i en Lluís estaven consternats:

—A la mare li costarà molt de superar-ho. Sempre viatjaven junts, amb aquest matrimoni; ho feien tot junts.

L'amor de la Cecília i en Ricard

La Cecília i l'Anna es van conèixer a l'Institut. Totes dues eren bones estudiants, amants especialment de les assignatures de ciències, i solien preparar juntes els exàmens.

L'Anna era una noia tímida, però molt graciosa en la intimitat. L'amabilitat era el tret que la definia: sempre disposada a veure què podia fer pels altres, esforçant-se per fer sentir còmodes persones que tenia a prop. Tot i que no posseïa una gran bellesa, els seus ulls blaus i la seva figura esvelta despertaven força interès entre els companys de classe.

Va sortir amb un parell de nois i, complerts els vint anys, es va enamorar d'un estudiant de Medicina seriós i reservat, que desitjava obstinadament ser cirurgià i dedicava tot el temps i l'esforç a aconseguir aquest objectiu.

L'Anna, filla i neta de farmacèutics, va estudiar sense gaire interès la carrera de farmàcia per continuar el negoci familiar.

En el casament de l'Anna i en Ricard, els nuvis del pastís van anar a parar a mans de la Cecília i el seu aleshores promès, en Joan Antoni Romeu. Les dues parelles van mantenir una relació cordial i, quan la Cecília es va separar, la parella d'amics va esdevenir el seu millor suport.

L'amistat va créixer i es va estabilitzar damunt d'una afinitat triangular i, quan la Cecília i en Ricard van adonar-se que s'havien enamorat, el sentiment que compartien va encaixar miraculosament en aquella estructura, sense perjudicar-la.

Els amants en tenien prou amb trobades escadusseres que, de tant en tant, feien passar per guàrdies nocturnes. No els va ser difícil mantenir una discreció estricta, i el secretisme més aviat afegia romanticisme a la relació.

En Ricard va arribar a sentir-se còmode estimant les dues dones, i la Cecília aconseguia viure sense angoixa l'amor clandestí amb el marit de la seva millor amiga. En lloc de considerar-ho una traïció, tots dos s'havien convençut que la seva relació era una mena de conseqüència lògica de l'estreta complicitat que havien creat entre tots tres.

Com que ningú més —n'estaven segurs— podia veure-ho de la mateixa manera, van optar per mantenir el seu amor en secret fins al moment d'endur-se'l a la tomba.

Però el destí va voler que fos l'Anna la primera de tots tres a marxar. I la seva mort, prematura i precipitada, i potser per això extremament traumàtica, va destarotar l'equilibri en què havien viscut durant vint anys.

Les mostres de condol que van rebre l'un i l'altra —ell com a marit i ella com a millor amiga— els van pertorbar fins a límits insostenibles. La culpa, que fins aleshores no havia fet acte de presència, se'ls va imposar d'una manera virulenta. Tothom va atribuir el seu desassossec al dolor provocat per la mort de l'Anna i, fins i tot en aquells moments, no els va resultar gens complicat continuar amagant el seu vincle.

Més endavant, quan van provar de reprendre la seva vida i van atrevir-se a marxar junts —i aquest cop, sols— un cap de setmana, l'experiència va resultar-los molt fatigosa. Tota la incomoditat que no havien sentit durant els anys de l'idilli secret, va aparèixer en aquelles quaranta-vuit hores. Trobaven a faltar l'Anna.

A poc a poc, van anar espaiant les trobades, i al cap d'un temps la seva amistat va, simplement, desaparèixer.

***

—Em fa mandra volar a Mèxic —li deia a en Luuk, asseguts tots dos en unes gandules bessones que havíem posat a la terrassa.

—No tens ganes de veure la família? No m'ho crec!

—Em costa separar-me de tu.

—Vols dir que només és això?

—Sí... Però també em fa pànic haver-los de dir que em quedo a viure aquí.

L'endemà d'aquesta conversa, mentre esmorzàvem, en Luuk em va dir que havia trucat a la seva mare per dir-li que aquest any no passaria el Nadal amb ells.

—Vindré a Puebla amb tu —em va dir, i jo no sabia si riure o plorar.

—De veritat?

—De veritat.

Capítol XVI

La meva germana, la meva mare i les ties van estimar en Luuk des del primer moment. Es van enamorar del gegant ros, de la seva manera de tractar-me, dels seus ulls de color blau gris i del seu castellà amb accent català, esquitxat de paraules neerlandeses i angleses.

Van admirar les seves fotografies i van celebrar amb aplaudiments el *pepernoot*, el pastís de canyella típic que va cuinar, amb més voluntat que traça, el dia de Nadal.

Tot i així, tant ell com jo vèiem la reticència a la mirada de l'Adriana quan defugíem donar una resposta concreta quan algú ens preguntava pel nostre futur.

Pocs dies abans de marxar, en Luuk em va posar contra la paret:

—No podem anar-nos-en sense que els ho hagis dit.

Es va mostrar sol·lícit i solidari: Per qui vols començar? Els ho diràs d'una en una? Ho deixaràs anar davant de tota la família?

A mesura que em preguntava, el meu nivell d'ansietat augmentava: Vols que hi sigui jo? Vols que els ho digui jo?

Al final vaig demanar a l'Adriana que vingués a casa la mare i a en Luuk que marxés a fer un tomb.

Les tenia totes dues al davant, amb els ulls plens de preguntes, i no sabia per on començar. La mare ens va servir el cafè i, mentre ho feia, em deia que mai m'havia vist tan contenta i que en Luuk era un noi fantàstic, que fèiem tan bona parella.

Jo anava recollint les engrunes que les galetes de coco havien deixat damunt de les tovalles grogues i anava fent que sí amb el cap, donant-li la raó.

La meva germana, que no havia obert la boca, va posar la seva mà damunt la meva, per aturar-me:

—Para. Em poses nerviosa.

Vaig alçar els ulls i la vaig mirar. Sentia l'alè d'en Luuk a dins meu i vaig decidir-me a parlar:

—Us he de dir una cosa.

A l'Adriana se li van omplir els ulls de llàgrimes. La mare la va mirar, després em va mirar a mi.

—Digues, Gris.

—En Luuk i jo hem llogat un pis a prop de Figueres. En principi, ens quedarem a viure allà.

La meva germana s'eixugava amb el revés de la mà les llàgrimes que li fugien de cua d'ull.

—En principi?

El to sarcàstic amb què va fer la pregunta em va ferir, però vaig mantenir el somriure.

—En principi, sí. Mai se sap. La vida dona moltes voltes.

L'Adri seguia plorant i a mi em faltava molt poc per acompanyar-la, però aleshores la mare va començar a parlar, mirant-me als ulls, amb una veu enèrgica que no semblava seva:

—Molt bé, Gris, em sembla molt bé. És una bona decisió, n'estic segura. A Catalunya és on us vau conèixer i tots dos us hi trobeu bé, oi? Hauràs de buscar una feina, això sí, una feina que et faci feliç i que et mantingui ocupada, sobretot durant els dies que en Luuk estigui viatjant.

Jo vaig agrair-li amb la mirada aquelles paraules, i adreçant-me a l'Adriana vaig dir, fluixet:

—Vindrem cada any per Nadal.

—No —la duresa d'aquest *no* em va pessigar—. Cada any, no. En Luuk també deu voler anar a Holanda a veure la seva família, no?

Vaig tornar a abaixar la mirada. L'Adri encara plorava.

—Em sap greu, Adri.

La mare es va posar dreta i va recollir les tasses. Però abans de dur-les a la cuina, va mirar-nos a totes dues:

—No, Gris, res de demanar disculpes. Només faltaria. Has pres una decisió que et farà feliç i nosaltres, com que t'estimem, n'estem contentes. Oi, Adriana? Para de plorar, fes el favor.

L'Adriana va agafar un mocador estampat amb blancs i grisos i se'l va embolicar al coll. Els gestos estaven tan plens de fúria que vaig pensar que s'escanyaria.

—Que siguis feliç, Gris.

Vaig deixar-la marxar i crec que en aquell precís moment vaig saber que el meu amor per en Luuk era autèntic, un amor dels grossos, dels que il·luminen una vida sencera.

En les hores de vol vaig pensar, un cop més, en el meu avi, que havia deixat el seu país. Viatjava sol, en vaixell i empès per la por. Jo sobrevolava l'oceà amb la meva mà entre les mans gegants d'en Luuk, em sentia més lliure que mai i, en lloc de fugir, emprenia el camí que sabia encertat.

A Figueres, els Romeu ens van rebre amb un sopar familiar i ens van advertir que ens esperava una sorpresa. Ho vaig veure només d'entrar al menjador de la casa: al pany de paret que hi havia damunt de la llar de foc, fins fa poc d'un blanc impol·lut, ara hi havia el xal de les roses vermelles, emmarcat amb vidre.

—El tenim en dipòsit —va aclarir en Joan Antoni—. Si qualsevol de vosaltres li troba un lloc més adient només ho heu de dir.

—El dia que em compri un piano us el demanaré —va advertir en Pau.

Un cop decidit que ens quedàvem i seguint els consells d'en Pau, vam començar a buscar un pis o una casa que poguéssim moblar al nostre gust i que fes *estiguera*.

Les setmanes següents les vam dedicar a passejar-nos per l'Empordà. Teníem clar que ens estimàvem més viure en un poble petit, però volíem que fos a prop de Figueres. Vilamalla ens va agradar per la tranquil·litat del seu nucli antic; Vilabertran, pel seu espectacular monestir; Santa Llogaia d'Àlguema, perquè ens va fer gràcia el seu nom gairebé impronunciable per a nosaltres; Llers, per l'impactant mural que el pintor Ministral va fer a l'absis de la seva església.

Però l'enamorament va arribar quan vam visitar Avinyonet de Puigventós. El nucli antic d'aquest poblet —el nom també és un repte— és un conjunt medieval de carrers estrets ple de cases dels segles XVI i XVII. Tot i que la majoria són de grans dimensions, n'hi vam trobar una que semblava feta per a nosaltres. Al davant de la casa hi havia un jardí petit, al fons del qual s'hi veien unes escales que conduïen a la galeria. Tot era de mida mitjana i proporcionat.

A la reixa de l'entrada, pintada de color verd i una mica rovellada, hi havia un cartell que deia «Es lloga».

Vam passar uns dies memorables anant de poble en poble, visitant els antiquaris i passant les hores entre bancs de fusta, taules de marbre, tasses de porcellana i gerres de vidre. Vam comprar un capçal de llit, una caixa de núvia, un balancí, un penjador de peu, tres llums de paret, un joc de copes de cristall de Bohèmia... tot el que vam poder. Per la resta vam anar a Barcelona i en un sol dia vam arreplegar tot el que ens faltava.

En acabar, la casa havia agafat una personalitat sorprenent i única: un aiguabarreig amb l'estètica nòrdica dominada per la fusta clara i les línies pures, l'acolorit i bigarrat estil mexicà i la sobrietat del caràcter empordanès. En Luuk i jo ens hi passejàvem embadalits, i fèiem petits descobriments plens d'eufòria:

—Mira, vine, mira que bé que queda aquest racó de sota l'escala!

Havia posat una azalea rosa damunt de l'antiga taula de marbre amb peus de ferro, que convidava a pensar en el cafè de poble on devia haver fet vida.

—Gris! Mira quina bellesa!

En Luuk seia rere els vidres i m'assenyalava la cadira buida al seu costat perquè m'hi assegués. Des d'aquell angle, vèiem un bocí de galeria, emmarcat per les cortines blanques. Havíem pintat els testos d'un vermell fosc, que contrastava amb la verdor de les aspidistres i les cintes. La llum de cap al tard s'escampava damunt de les rajoles d'un groc daurat.

—Seurem aquí cada tarda a aquesta hora, d'acord? —El seu somriure m'enlluernava més que la llum que ens banyava.

En Luuk em parlava dels grocs de Van Gogh, que als gira-sols barreja amb petites pinzellades violetes; m'explicava que l'artista havia desenvolupat una patologia, provocada per la medicació per les depressions, que li feia veure-ho tot de color grogós; només amb les diverses tonalitats de groc, el pintor aconseguia passar de la lluminositat de les flors més eixerides a la tristesa dels gira-sols més pansits.

A casa s'hi estava tan bé que vaig començar a preferir quedar-me quan en Luuk viatjava. Només l'acompanyava de tant en tant, si el destí era especialment llaminer.

Havia arribat a un acord amb la meva antiga feina i treballava en línia per a l'Arxiu Històric de Puebla. No estava gaire ben pagat, però era ideal per poder viatjar quan volgués. Treballar a casa també m'agradava molt.

Solia fer feina al matí, i a les tardes m'asseia a la butaca, en aquell racó on havia trobat la felicitat els primers dies de ser a casa. Ho feia acompanyada d'una bona novel·la, preferentment d'un autor català, per acabar de familiaritzar-me amb la llengua. Els dies que em llevava enyorada, tornava a les pàgines de la meva estimada Ángeles Mastretta. «*Mi casa de la infancia aún viene conmigo a todas partes*», deia, i jo em traslladava a casa dels meus avis Azuera, o dels avis Romeu, o a casa de la mare, on encara hi havia l'habitació de l'Adriana i meva, amb els dos llits bessons.

En aquell racó, amb la mirada perduda galeria enllà, rebia trucades de la tia Inés o de la mare, i poques, poquíssimes, de la meva germana. Quan li trucava jo, moltes vegades no m'agafava el telèfon.

Sovint, quan acabava una trucada, em quedava una bona estona badant, amb la novel·la tancada a la falda. La meva felicitat, absolutament lligada al fet d'haver trobat, finalment, l'amor, em feia recordar les històries d'amor dels avis o dels pares, de les meves ties, de la nova família que havia trobat a Catalunya.

En Luuk m'insistia que no acabaria de sentir-me en pau mentre la relació amb l'Adri no millorés. Ho repetia fins a fer-se pesat i, encara que no ho digués, jo sabia que darrere d'aquella obsessió hi havia el dolor per la mort de la Charlotte: «Si la meva germana fos viva», estic segura que pensava, «no permetria per res del món estar-hi distanciat». Tenia raó, però jo li assegurava que estava fent tot el que depenia de mi per resoldre-ho. L'Adriana era molt tossuda —ho era des de petita—, i no cediria.

Un dels dies que manteníem, per enèsima vegada, aquesta conversa, en Luuk em va agafar la cara amb les mans grosses i plenes de pèls rossos, i em va dir:

—Has de dir-li que vingui. Quan estigueu juntes, mirant-vos als ulls, segur que ho arreglareu. I quan vegi aquesta casa, que hi estem tan bé...

—No voldrà venir. Són molts diners, i té la nena petita...

I llavors va ser quan en Luuk, amb determinació però en veu baixa, va dir-me:

—Doncs casem-nos! Si ens casem i ve tota la família, no s'hi podrà negar.

Em va agafar tan de sorpresa que, de moment, no vaig dir res. Després se'm va escapar el riure. Ell m'observava en silenci. Jo reia no sé si de nervis, d'alegria o d'astorament.

—No et vols casar amb mi? —va dir ell, aleshores, amb posat de nen petit.

Me'l vaig mirar una estona. Vaig sentir com refilava un pardal a la galeria. La tramuntana va fer petar els porticons de l'habitació del darrere.

Capítol XVII

La celebració del casament havia començat dos dies abans, amb l'arribada dels familiars que no s'entenien entre ells —els uns pàl·lids i rossos, els altres foscos de pell i de cabell—. La família Romeu exercia d'amfitriona i havien llogat un restaurant amb jardí a prop del mar. En Luuk anava d'un grup a l'altre, fent d'intèrpret i de tant en tant em mirava des de l'altra punta del saló. Jo em quedava suspesa enmig del xivarri, sense poder creure'm que tot allò estava passant de veritat.

Quan ens vam ficar al llit, en Luuk va quedar adormit en cosa de segons, només de posar el cap al coixí. En canvi, a mi, la son se'm feia escàpola. Els pensaments em venien de tots cantons i se'm barrejaven, enllaçats l'un amb l'altre.

El vestit de núvia va arribar de Mèxic. Era el de la meva mare, cosit en el seu moment per artesanes de Puebla, amb brodats florals i randes a l'escot. La meva habitació es va omplir de dones de totes les edats que esperaven el moment. Va haver-hi uns moments de consternació: el vestit m'anava balder. Les meves ties es van mobilitzar i armades de fil i agulla, no van parar fins a ajustar-me el vestit al cos.

Elles anaven vestides, com és tradicional a Mèxic, amb vestits clars, brodats amb colors molt vius. Després van entrar la mare i la germana d'en Luuk, que havien portat el ram de tulipes vermelles i rosades des d'Holanda, refrigerat a dins d'una nevera. També m'havien portat una corona molt senzilla, de flors diminutes blanques damunt del verd. M'havia recollit els cabells en una trena i el contrast de les flors blanques damunt del cabell fosc feia molt bonic.

Em vaig fer la foto amb les holandeses, després amb les mexicanes i tot seguit amb les dones de les dues famílies. Totes rèiem, ens canviàvem de lloc, miràvem al sostre, després lluny, finalment a l'objectiu de la càmera. Tornàvem a riure.

Quan ens va semblar que ja n'hi havia prou van començar a desfilar perquè volien deixar-me uns minuts tranquil·la abans de començar la cerimònia. Li vaig demanar a l'Adriana que es quedés amb mi.

Duia un vestit que li deixava les espatlles descobertes, amb brodats blaus i daurats, i estava maquíssima.

Ens vam asseure l'una al davant de l'altra i ella, que havia estat força seriosa des que havia arribat, va dir amb un somriure, per trencar el gel:

—Ostres, Gris: ara farem una escena de pel·lícula? Qui és la Julia Roberts, tu o jo?

Vam riure sense convenciment.

—Adri, no pots castigar-me per quedar-me a viure aquí. Aquí és on seré feliç.

Volia reconciliar-m'hi, però no pensava cedir ni un mil·límetre. Estava segura que la raó estava de part meva. L'Adri va recollir un floc de cabells que s'havia escapat de la corona de flors i me'l va posar bé. Era un gest afectuós, però quan ens vam mirar als ulls hi vaig veure la mateixa tristesa dels últims temps.

—Però jo no seré feliç si no et tinc a prop.

—Et comportes com una nena petita.

—Ho sé. Però no puc fer-hi més.

—De veritat? De veritat que em faràs això?

Com que l'Adri va sanglotar encara més fort (com quan era la germana petita i jo abusava del meu poder i la feia enrabiar), vaig intentar una última estratègia:

—Està bé, Adri: si vols, tornaré amb tu a Puebla.

I ara és quan ella es rendia i em deia: I ara! De cap manera! Jo només vull la teva felicitat. Però la meva germana va deixar de plorar instantàniament i, amb un gran somriure, va dir:

—Sí? Tornaràs a casa? —amb una alegria desbordant.

Me la vaig mirar, incrèdula, i després vaig deixar anar una riallada.

—Però... que ets boja? Esclar que no vindré a Puebla! Em quedo aquí, amb en Luuk!

Es va adonar del seu ridícul i, amb un posat seriós, va mormolar:

—D'acord. Fes el que vulguis. Miraré d'adaptar-m'hi. Però no et prometo res.

En aquell moment va entrar en Luuk i l'Adriana va fer tot d'escarafalls:

—No pots veure la núvia!

—I tant que puc! A més a més, li porto una cosa.

Jo estava asseguda a l'espona del llit i veia la balconada i el bocí de paisatge que retallava. Una mica de verd de jardí, taques de colors —les flors i els vestits de les convidades— i una franja de blau al fons de tot.

—Vine, acosta't. Vull que et miris al mirall.

Hi havia un mirall de cos sencer, emmarcat amb fusta.

Vaig mirar aquella núvia i em costava de creure que era jo. Volia escatir què hi havia en aquella dona del mirall de la Gris que havia marxat de Puebla, feia encara no un any. Encara hi era a la pell i als ulls foscos. Però tenia un espurneig als ulls que havia aparegut des que coneixia en Luuk. I un somriure obert i sense neguits, que abans no existia.

En Luuk es va situar darrere meu i el veia al mirall, alt i ros, amb una expressió seriosa però els ulls plens d'alegria.

Llavors va desembolicar un paquet petit que duia a les mans. El paper va caure a terra lentament, com una fulla de tardor, i va aparèixer el xal blanc. El va desplegar amb delicadesa i me'l va posar damunt de les espatlles. Notava la suavitat de la seda a la pell. El contrast del vermell de les roses damunt del vestit de núvia.

—Les roses de la germana —va dir en Luuk, molt fluixet.

Tots dos ens vam girar i vam mirar l'Adriana, que plorava silenciosament asseguda al llit. I era l'Adriana, i era la Charlotte, i era l'Anna Maria.

Vam sortir a la porta del jardí agafats de la mà. En Luuk va fer una passa endavant i jo una altra. Vam començar a caminar.

Agraïments

Aquesta novel·la no l'hauria pogut escriure si la meva àvia materna, la Carme Darné Aldrich, no ens hagués explicat tantes vegades la història del xal que li havia regalat la senyora Felipa Dalí —amb unes roses pintades per un Salvador Dalí adolescent—, que es va perdre durant la guerra.

El meu agraïment a ella i a totes les persones del meu entorn que m'han ajudat d'una manera o altra mentre l'escrivia.